AF455721

GASTON ET BAYARD,

TRAGEDIE EN CINQ ACTES ET EN VERS,

PAR M. DE BELLOY.

NOUVELLE ÉDITION.

Prix douze sols.

A PARIS.

Chez DIDOT l'aîné, Libraire & Imprimeur, rue Pavée, près du Quai des Augustins.

M. DCC. LXXXV.

Avec Approbation & Permission.

ACTEURS.

GASTON DE FOIX, Duc de Nemours, Viceroi de Milan.

ROVERE, DUC D'URBIN, Neveu du Pape Jules II.

LE DUC D'ALTÉMORE, Napolitain.

LE COMTE AVOGARE, Seigneur Bressan.

EUPHÉMIE, Fille du Comte Avogare.

LE CHEVALIER BAYARD.

D'ALEGRE.

UN VIEILLARD.

Suite de Chevaliers & de Soldats François & Italiens.

La Scene est dans la Citadelle de Bresse.

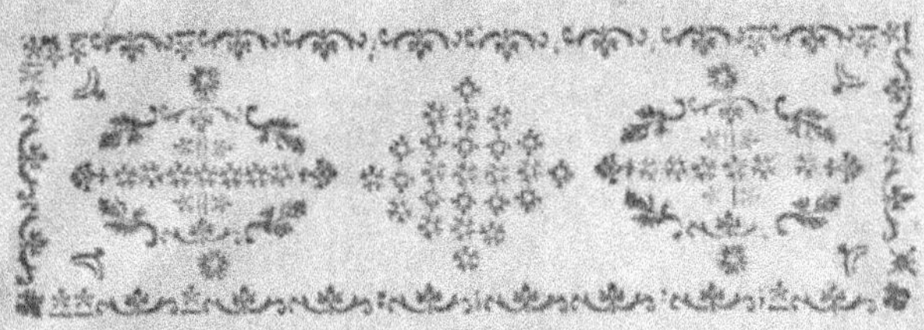

GASTON ET BAYARD, TRAGEDIE.

ACTE PREMIER.

Le Théâtre représente une Galerie de l'Arsenal de la Citadelle de Bresse. On y voit des Drapeaux, des Arquebuses, des Canons démontés, des piles de Boulets, & tout l'appareil de la Guerre.

SCENE PREMIERE.

AVOGARE, BAYARD, *suite de François.*
(Bayard donne, en entrant, son Bouclier & sa Lance à son Ecuyer.)

AVOGARE.

Du camp Vénitien les foudres impuissans
Vont en vain seconder les efforts des Bressans ;
Nous bravons désormais une ville rebelle ;
Vous êtes avec nous, les dangers sont pour elle ;
Votre seule présence affermit ce rempart ;
On ne prend plus un Fort où commande Bayard.
Voyez sur tous ces fronts la confiance empreinte ;
L'allégresse en mon ame a remplacé la crainte.
Moi qui suis né Bressan, mais dont le cœur François,
A votre Prince, à vous s'est donné pour jamais.
De mes concitoyens & de mes premiers maîtres
J'ai craint le coup fatal qui menace les traitres.
Vous venez en ce jour sauver ma fille & moi !

Un héros a donc sû, pour nous prouver sa foi,
Avec un escadron percer toute une armée !
En dois-je être surpris après sa renommée ?
Bayard a-t-il jamais compté ses ennemis ?
Bayard a-t-il jamais négligé ses amis ?

BAYARD.

Tous les objets sacrés de mon culte suprême,
Dieu, la France, l'honneur, l'amitié, l'amour même,
De Milan, vers ces lieux, ont fait voler Bayard :
Mais, sans votre constance, il arrivoit trop tard.
François, recevez tous mon légitime hommage.
J'ai peine à concevoir que l'excès du courage
Ait, douze jours entiers, contre trois camps unis,
Défendu des remparts si foiblement munis.
Heureux, dans le moment qu'une atteinte cruelle,
Enchainant de Durfort la vaillance & le zele,
Ravit à vos besoins & sa tête & son bras ;
Que je puisse m'offrir pour pere à ses soldats.
J'ai visité ce Fort. On cache aux cœurs timides
Un péril, qu'on avoue aux ames intrépides.
Si Gaston, dans cinq jours, ne vient nous secourir,
Au même lit d'honneur nous pouvons tous mourir.
Ce Prince est triomphant, Bologne est délivrée ;
Mais par un long chemin Bresse en est séparée :
N'esperons qu'en nous-même, & sachons tout braver ;
Mépriser notre vie est l'art de la sauver.
Un des chefs assiegeans, que sa vertu renomme,
Urbin, neveu chéri du Pontife de Rome,
Exige un entretien, dont je me sens confus ;
Il vient m'offrir la honte, & doute d'un refus !
Prêtons à la valeur l'appui de la prudence ;
Près du palais des Ducs, la place est sans défense ;
De la mollesse altiere abattez les lambris,
Et changez en remparts leurs utiles débris :
Que, derriere vos murs, de profondes tranchées
Reçoivent du Gardzo les ondes épanchées :
Mes mains vous aideront à ces nobles travaux,
Qui vont multiplier, prolonger les assauts.
Différons notre perte, & vengeons là d'avance ;
De nos derniers soupirs rendons compte à la France :
Tout Guerrier qui retient de nombreux ennemis,
Mourant un jour plus tard, peut sauver son pays.

(Il fait signe à la suite de se retirer.)

SCENE II.

AVOGARE, BAYARD.

BAYARD.

Avogare, quel sort menace notre armée !
Au cœur de l'Italie on la tient enfermée.

Pour couper la retraite à nos François trahis,
De Bresse en un moment, les remparts envahis,
De Venise & de Rome ont reçu les cohortes.
Quelle infidelle main leur a livré vos portes.

AVOGARE.

On l'ignore, Seigneur.

BAYARD.

Mais le brave Durfort
Croit qu'un traître inconnu l'a suivi dans ce Fort.
Jugez des sentimens dont mon ame est atteinte;
Pour Euphémie & vous je connoîtrais la crainte!
Sans le revers fatal qui nous presse en ce jour,
J'allois hâter l'hymen promis à mon amour,
Ces nœuds, où mon devoir, où mon penchant me livre;
Ces nœuds, par qui l'Etat m'ordonne de revivre.
Depuis que votre fille a captivé mon cœur,
Le sien est la conquête où prétend ma valeur:
De tous nos Chevaliers telle est la loi chérie.
Quand Charles, ce grand Roi, foudre de l'Italie,
Qui de Suze au Sardo vainquit en se montrant,
De l'honneur, à mes vœux, daignoit ouvrir le champ:
» De la beauté, dit-il, va mériter l'hommage.
» L'amour dans un grand cœur, fait doubler le courage.
J'ai suivi ses leçons, j'ai servi la beauté;
Mais nul objet en moi n'avoit encor porté
Cette ardeur inquiete, active, impatiente,
Ce désordre qui plaît, ce plaisir qui tourmente,
Ces transports qu'on ne sent dans son cœur étonné,
Qu'en rencontrant le cœur qui nous fut destiné.
Quoi! dans ces jours plus doux où mûrit la jeunesse,
Euphémie, à mes sens inspira cette ivresse! —
Ah! je mourrois heureux, armé pour son secours;
Elle me rend plus chers les périls où je cours,
Mourir pour ce qu'on aime en servant la patrie,
C'est la plus digne fin de la plus belle vie.

AVOGARE.

Bayard, dans nos malheurs, j'entrevois quelque espoir,
Et quand le Duc d'Urbin s'empresse pour vous voir,
Ce n'est pas annoncer un projet ordinaire:
On connoît à quel point Rome vous considere.
Quels que soient ses desseins, je vous l'ai dit, Seigneur,
C'est à vous, pour jamais, que s'est voué mon cœur;
Avogare vous aime, avant d'aimer la France;
Ma fortune, ma vie est en votre puissance;
Soyez maître: ordonnez de ma fille & de moi —
Mais que nous veut d'Alegre?

SCENE III.

AVOGARE, BAYARD, D'ALEGRE.

D'ALEGRE, *à Bayard.*

Ami, sur votre foi,
Urbin vient d'arriver ; le voici qui s'approche.

BAYARD, *à Avogare, qui se retire.*

Vous nous laissez !

AVOGARE.

Je fuis sa plainte & son reproche.

SCENE IV.

LE DUC D'URBIN, BAYARD.

(Ils s'asseyent après les premiers mots.)

URBIN.

Chevalier, qu'il m'est doux d'offrir à vos vertus
Des honneurs assez grands pour être inattendus !
Le Pontife Romain, l'auguste République
Devant qui s'est brisé l'orgueil Asiatique,
Le Roi qui tient l'Espagne & Naples sous ses loix,
Enfin l'heureux César dont l'Empire a fait choix ;
Jules, Maximilien, Ferdinand & Venise,
De ma voix, près de vous, empruntent l'entremise.
Après ces noms fameux, sans en être éclipsé,
Le grand nom de Bayard a droit d'être placé ;
Un Guerrier qui soutient ou renverse les trônes,
Dans ces humbles foyers traite avec les Couronnes ;
Et ma fierté se plaît à voir les Souverains
Rechercher mon égal, qui seul fait leurs destins.
Quand la gloire unissoit & Louis & Rovere,
Les armes & mon cœur vous avoient fait mon frere ;
J'ai plaint votre pays trop ingrat envers vous.
De payer vos talens d'autres Rois sont jaloux.
Vous pressentez déjà quel intérêt m'appelle ;
Ce n'est pas de traiter pour cette Citadelle,
Où vous-même apportant des secours superflus,
Ne pouvez qu'augmenter le nombre des vaincus.
De nos Confédérés la sage politique,
Levant enfin son voile, à tous les yeux s'explique ;
L'Europe l'applaudit : ils veulent pour jamais,
De l'Italie entiere exiler les François,
Les contenir enfin dans les justes limites
Qu'à leurs Etats nombreux les Alpes ont prescrites :
De quatre Souverains les Guerriers vont s'unir :
Et — pour leur chef suprême, on voudroit vous choisir.
Le Duc d'Urbin s'honore, aux champs de la victoire,

D'être un premier soldat utile à votre gloire.
Jule, à vous acquérir, montre le plus d'ardeur:
Il fait ce qu'il vous doit, & que votre grand cœur
Daigna sauver ses jours que vous vendoit un traitre.

BAYARD.

Eh bien! pour s'acquitter, Jules m'invite à l'être!

URBIN.

Vous ne le serez point, & l'on peut sans effroi,
Pour servir Rome & Jules, abandonner un Roi.
Trop d'exemples, d'ailleurs, ont appris à la France,
Qu'un grand homme appartient à qui le récompense.
Bien plus: le Souverain que nous servons par choix,
Sent qu'il nous doit un prix de nos moindres exploits:
Celui qui tient sur nous ses droits de la naissance,
Croit souvent se manquer par la reconnoissance.

BAYARD.

Un Pontife m'exhorte à violer ma foi!
Des Chretiens, mieux que lui, je connois donc la loi!
Dieu dit à tout sujet, quand il lui donne l'être:
» Sers pour me bien servir, ta patrie & son maître;
» Sur la terre, à ton Roi j'ai remis mon pouvoir:
» Vivre & mourir pour lui, c'est ton premier devoir.
En rappellant nos cœurs à cette loi suprême,
Un Pontife devient l'organe de Dieu même;
Mais, Seigneur, quand sa voix combat l'ordre du Ciel,
C'est l'homme alors qui parle, & l'homme criminel.
En vain d'un rang sacré Jule exalte l'Empire,
Lui qui, soufflant par-tout la fureur qui l'inspire,
Du pied des saints-Autels embrase l'Univers;
Lui, dont le front blanchi par quatre vingts hivers,
Etale, dans un camp le mélange bizarre
De l'airain des Guerriers au lin de la Tiare;
Qui, dans Mirande, enfin vint lui-même assiéger,
Dépouiller l'orphelin qu'il devoit proteger.
  Ne croyez pas, pourtant, que mon erreur sinistre
Rejette sur l'Autel l'opprobre du ministre:
Dépend-il en effet des vices d'un mortel
De dégrader le nom, les droits de l'Eternel?
Sont-ils moins saints pour nous, quand Jules les profane?
Le crime avilit-il la loi qui le condamne?
Je sépare deux noms qu'on veut associer;
Je révere un Pontife & combats un Guerrier.
Quand à Maximilien, que pourrois-je en attendre?
Il ne séduiroit pas un cœur fait pour se vendre.
Ferdinand s'applaudit alors qu'il trompe un Roi:
Est-ce avec un soldat qu'il garderoit sa foi!
Pour Venise, il est vrai, j'estime son courage;
Surprise par la foudre, elle a bravé l'orage;
Au Sénat des Romains jaloux de ressembler,

Son Sénat vit sa perte & sut n'en point trembler;
Entre ses ennemis, sa politique habile
Sema, par l'intérêt, une discorde utile:
De Jules, autrefois son ardent oppresseur,
Venise maintenant se fait un défenseur,
Et fait, contre Louis, armer pour sa querelle,
Tous les Rois qui d'abord armoient Louis contre elle.
Mais l'Europe verra le Monarque François,
Trahi par ses égaux, & non par ses sujets.
Vous connoissez ce Roi si digne de son trône:
Qu'il a des droit sur nous, sans ceux de sa Couronne!
L'amour, jusqu'au transport, naît à son doux aspect;
Jamais, jusqu'à la crainte, on ne sent le respect:
Cœur intrépide & tendre, ame simple & sublime,
Bienfaiteur de la terre & Guerrier magnanime,
Il défend les Etats qu'il tient de ses ayeux:
Mais il est né trop grand pour être ambitieux.
Jule a pu soupçonner ce généreux systême;
On doute des vertus qu'on n'auroit pas soi-même;
On croit que Louis veut tout ce qui peut vouloir:
Qu'un Roi regle toujours ses droits sur son pouvoir.
Un Monarque, un François, refuser la victoire!
Je pardonne aux mortels d'être lents à le croire.
Vous, qui sous d'autres Rois voulez me voir servir,
Vous choisiriez le mien, si vous pouviez choisir.

URBIN.

J'admire votre maître & ses vertus augustes:
Ses froideurs envers vous n'en sont pas moins injustes.
Pour tant d'autres Guerriers s'ouvrant de toute part,
Sa main semble toujours s'écarter de Bayard.
Et quel est, dites-moi, le prix de vos services?

BAYARD.

Eux-mêmes. Je sais voir, en dédaignant leurs vices,
Des Guerriers courtisans disputer les faveurs,
Mendier les trésors, même avant les honneurs;
Et, toujours mécontens des graces qu'ils reçoivent,
Vendre à leur Souverain des talens qu'ils lui doivent.
Si Louis donne enfin à l'importunité
Ce que la vertu simple avoit mieux mérité;
Pour garder à l'état ses appuis nécessaires,
Des cœurs intéressés les Rois sont tributaires;
Il faut qu'en les plaignant, leurs plus dignes sujets
Laissent au plus avide emporter les bienfaits,
Et j'aime mieux, Seigneur, qu'on dise avec justice:
» Louis doit à Bayard le prix d'un long service »
Que si la France & vous en secret murmuriez
De voir, des biens publics, mes exploits trop payés.
(*avec plus de chaleur.*
Mais, que dis-je? à mon choix Louis me récompense,

Dès

Dès qu'il voit un Laurier, il l'offre à ma vaillance;
Dès que pour la patrie, il craint quelque hasard,
Le poste du péril est celui de Bayard;
Il me met le premier sous l'aîle de la gloire;
Il veut tenir de moi sa premiere victoire:
Son jeune successeur, ce généreux Valois,
Qui soupire en secret au bruit de nos exploits,
Dans les armes déjà m'a choisi pour son pere;
Il veut qu'arbitre un jour de sa vertu guerriere,
Un sujet donne aux Rois le sceau de la valeur.—
Où sont les dignités qui valent cet honneur?

URBIN.

Pourquoi donc, aujourd'hui, que la France en alarmes
Voit tant de Rois ligués l'accabler de leurs armes,
Louis vous ravit-il ces moissons de lauriers?
Pourquoi nommer Gaston le chef de vos Guerriers?
A combattre sous lui pouvez-vous vous contraindre?
N'en rougissez-vous pas?

BAYARD.

Je n'ai point à me plaindre;
Frere du Roi d'Espagne, & neveu de mon Roi,
Nemours n'est-il pas né pour commander sur moi?

URBIN.

Mais sa jeunesse extrême....

BAYARD.

Eh! que fait sa jeunesse,
Lorsque de l'âge mûr je lui vois la sagesse?
Profond dans ses desseins, qu'il trace avec froideur,
C'est pour les accomplir qu'il garde son ardeur:
Il sait défendre un camp & forcer des murailles:
Comme un jeune soldat desirant les batailles,
Comme un vieux général il sait les éviter;
Je me plais à le suivre, & même à l'imiter;
J'admire sa prudence & j'aime son courage;
Avec ces deux vertus un Guerrier n'a point d'âge.

URBIN, *se levant.*

Bayard peut commander, & Bayard veut servir?
Tout le fruit de mon zele est donc un repentir.

BAYARD, *qui s'est levé en même-temps.*

Non. Je vais de mon sort vous faire ici l'arbitre.

URBIN, *surpris.*

Moi!

BAYARD.

Nous nous estimons, Seigneur, à plus d'un titre.
Parlez vrai. Si ma foi cédoit à vos discours,
Serois-je en votre cœur ce que j'y fus toujours.

URBIN, *après un moment de réflexion.*

Je t'imite, Bayard; & je te parle en homme,
Non plus en courtisan du Monarque de Rome,

J'allois, si par mes soins il t'avoit corrompu,
Applaudir son bonheur & pleurer ta vertu.

BAYARD, *l'embrassant.*

Va, le frere chéri que m'ont donné les armes,
Ne versera sur moi que d'honorables larmes.

URBIN, *affectueusement.*

Tu veux que j'en répande & tu m'en en vois frémir.
Est-ce en jeune insensé qu'ici tu dois périr?
En comptant sur Nemours, ta sagesse est trompée.
D'épais & long frimats la terre détrempée,
Tant de marais profonds, de fleuves débordés,
Par nos fiers Albanois défendus & gardés,
Opposent à sa marche une sûre barriere,
Eh! comment pensez-vous que son armée entiere,
Ce pesant appareil de cent foudres d'airain,
Ces soldats combattus par le froid & la faim,
Poursuivis, tourmentés d'éternelles alarmes,
Foibles, & succombans sous le poids de leurs armes,
Vont, par de tels chemins, jusqu'à vous accourir?
Le libre voyageur a peine à les franchir.
Daignez vous rendre à moi....

BAYARD.

Comment! Bayard se rendre!

URBIN.

Les débris de ce Fort ne peuvent se défendre;
Vois le bronze, tombant de son appui brisé,
Attendre encor en vain le salpêtre épuisé;
Vois ces remparts ouverts, ces portes ébranlées;
Ces fossés tout remplis de vos tours écroulées....

BAYARD, *qui pendant les derniers vers, témoigne quelque impatience & s'est avancé vers une porte de la galerie.*

Amis, approchez-vous.

URBIN.

Et pourquoi ces soldats?

BAYARD, *s'appuyant sur un d'eux.*

Voici d'autres remparts, dont vous ne parlez pas.
Voyez ces vieux Guerriers, fiers de leurs cicatrices,
De vingt assauts bravés, redoutables indices:
Ils ne veulent sortir de ces fossés sanglans,
Que sur un pont formé d'ennemis expirans.

SCENE V.

LE DUC D'URBIN, ALTEMORE, BAYARD, D'ALEGRE, *Suite.*

BAYARD.

Mais.... l'ami de Gaston! l'intrépide Altémore!

ALTEMORE, *à Bayard.*

Gaston lui-même arrive.

BAYARD.

Ah Ciel ! — J'en doute encore.

URBIN, *avec le plus grand étonnement.*

Le Prince...

BAYARD.

Et son armée?

ALTEMORE.

Est au pied de ces Tours.

BAYARD.

(*Après s'être regardés lui & le Duc avec une surprise mêlée d'admiration.*)

Que notre étonnement doit honorer Nemours !
Guerriers, depuis vingt ans, admirés sur la terre,
Allons apprendre encor les secrets de la guerre.
Aurions-nous projetté ce qu'il fait aujourd'hui ? —
Eh bien ! doit-on rougir de commander sous lui ?
Vers votre camp, Seigneur, votre retraite est libre ;
Annoncez ce prodige à vos héros du Tibre :
Sur ses bords, quelque jour, nous pourrons nous revoir :
Je me rends vers mon chef, & cours le recevoir.

SCENE VI.

LE DUC D'URBIN, ALTEMORE, AVOGARE, *entrant furtivement après que Bayard est sorti.*

ALTEMORE, *au Duc, après avoir regardé si tout le monde est sorti.*

Nemours veut des Bressans attaquer les murailles,
Seigneur, ne tentez point le destin des batailles.
Que, par un feint traité, dans la ville introduit,
Ce Prince avec les siens expire cette nuit :
Vous verrez mon projet dans les mains de Pascaire ;
Seul, des foudres nouveaux il connoit le mystere :
Ferdinand l'a chargé de servir mes desseins ;
Et, chef des Espagnols réunis aux Romains....

URBIN.

Arrêtez. Sans l'aveu de Rome & de Venise.
(*En regardant Avogare.*)
Ferdinand peut payer deux traîtres qu'il méprise :
Je ne veux point entrer dans vos lâches complots,
Et je vais, en héros, combattre des héros.
Vos infâmes secours flétriroient ma victoire,
Je triomphe sans honte, ou succombe avec gloire.
Adieu.

SCENE VII.

ALTEMORE, AVOGARE.

ALTEMORE.

Ne craignez rien de sa fausse vertu,
Seigneur ; il n'est pas maître, & son camp m'est vendu.
Du retour de Gaston l'extrême diligence,
Changeant tous nos projets, sert mieux notre espérance,
Les François, empressés d'accourir vers ces murs,
Viennent se réunir dans des pieges plus sûrs ;
J'aime à voir, par leurs soins, notre attente remplie ;
Nous allons d'un seul coup, délivrer l'Italie.

AVOGARE.

Quel jour serein vient luire à mes yeux affligés !
Mon épouse & mon fils, vous serez donc vengez !
Vous fûtes des François les premieres victimes.
Pour préparer mes coups, hélas ! trop légitimes,
Depuis deux ans entiers, ma tranquille fureur,
Par cent détours obscurs se traîne avec lenteur ;
Qu'elle se leve enfin dans ce jour de vengeance,
Et d'un fer imprévu frappe avec assurance.
Mes tyrans à ma foi semblent s'abandonner ;
Leur crédule candeur ne fait rien soupçonner,
Affectant sur mon fils une douleur commune,
J'accusai de sa mort la guerre & la fortune ;
Je sus flatter Nemours qu'à force de bienfaits
Il consoloit ce cœur ulcéré pour jamais :
Bayard croit à sa main ma fille réservée :
Ils sont loin de penser que, par moi soulevée,
Bresse, ait reçu de moi des armes, des soldats,
Par ces longs souterrains qu'ils ne connoissent pas :
Et, cette nuit encor, ma garde conjurée
De ce Fort, aux Bressans, alloit ouvrir l'entrée.

ALTEMORE.

Seigneur de mes complots, pour vous seul entrepris,
Votre fille d'abord fut la cause & le prix ;
Vous m'offriez sa main, je vous voyois en pere ;
J'osois tout pour venger votre fils & sa mere.
Né dans Naples, & banni par son usurpateur,
Je le vois, dans ces lieux, me rendre sa faveur :
Ferdinand, pour priver Nemours de la couronne
Que Naples lui destine & que Louis lui donne.
Vient de m'encourager par des bienfaits nouveaux
A tromper l'amitié de ce jeune héros ;
Il me rend en secret le Duché d'Altémore ;
Du nom de Viceroi sa main me flatte encore :
Mais par un soin plus cher je me sens enflammé ;
Nemours est mon rival & mon rival aimé.

AVOGARE.

Va, je le soupçonnois, lorsque ma loi févere
A ta naissante ardeur prescrivit le mystere :
De ta contrainte, ami, vois les heureux effets ;
Euphémie & Gaston te livrent leurs secrets :
Ils ignorent ma haine & notre intelligence.
Mais pourquoi leur amour dans l'ombre du silence...?

ALTEMORE, *vivement.*

Nemours à son amante avoit donné sa foi
De ne rien déclarer, sans l'aveu de son Roi.
Il vient de l'obtenir, & mes justes alarmes....

AVOGARE.

Pour combattre leurs feux j'ai de puissantes armes.
Quand Bayard apprendra qu'on cherche à lui ravir
Celle qu'en digne amant il croyoit obtenir :
Lui, dont le bras vengeur disputant Euphémie ;
Du fier Sotomaior a terminé la vie....

ALTEMORE, *très-vivement.*

Ciel ! je vais, l'un par l'autre, immoler mes rivaux !
France, en les divisant, on perd tous tes héros ;
Par leurs jaloux débats nous donnant la victoire,
L'amour pour les aigrir, est plus fort que la gloire ;
De la même beauté quand leurs cœurs sont épris,
Il ne faut qu'un regard pour perdre deux amis.

AVOGARE.

Ah ! si l'amour entr'eux n'arme point la vengeance ;
Il va, des grands objets, distraire leur prudence ;
Et détourner leurs soins, par un désordre heureux,
Loin des pieges mortels rassemblés autour d'eux.
Viens, & tâchons sur-tout de leur rendre la ville....

ALTEMORE.

Oui : leur perte y devient plus sûre & plus facile :
Là, le gouffre enflammé sous leurs pas va s'ouvrir ;
Ce n'est qu'en y tombant qu'on le peut découvrir.

Fin du premier Acte.

ACTE II.

SCENE PREMIERE.

AVOGARE, EUPHÉMIE.

EUPHÉMIE.

Mon pere ! ....

AVOGARE, *en fureur.*

Non. Ma haine en est plus affermie.

EUPHEMIE.

Croyez que vos secrets gardés par Euphémie....

AVOGARE.

Va, tu m'en répondras, puisqu'ils sont dans ta main ;
Je vois que tu sais tout, & je nierois en vain. ---,
Quel perfide à tes yeux dévoila ce mystere ?

EUPHEMIE.

Un mortel vertueux dont le nom se doit taire.

AVOGARE.

Je saurai le connoître ; il mourra par mes coups.
(*Plus tranquillement.*)
Mais Gaston s'est flatté de se voir ton époux.
Il croit que tu réponds au feu qui le dévore.

EUPHEMIE.

Eh ! peut-il se tromper, quand il croit qu'on l'adore ?
Mon ame s'ouvre à vous, pour mieux vous attendrir.
Avant de voir Nemours, j'appris à le chérir ;
Au récit de sa gloire en tous lieux répandue,
D'un trouble intéressant je me sentois émue ;
Au bruit de ses périls on me voyoit pâlir ;
Ses exploits en secret, sembloient m'énorgueillir :
Mon cœur vers ces climats, appelloit sa vaillan ce
J'osois lui souhaiter, dans mon impatience,
Des triomphes nouveaux, de nouvelles vertus ;
Et mes vœux, chaque jour se voyoient prévenus.
Les lauriers d'Agnadel venoient d'orner sa tête,
Lorsque par un assaut, Bresse fut sa conquête :
Vous vites sa valeur, sa grace, ses bienfaits
Enchanter tous les cœurs surpris & satisfaits :
Comme il daigna pleurer sur le sort de mon frer e,
Victime en cet assaut, d'un zele téméraire !
Mais avec quel respect ses dons consolateurs
Versoient autour de nous l'oubli de nos malheurs !
Vous en fûtes touché. Bayard, en son absence,
Ignorant son amour, brigua notre alliance ;
Je n'eus point de raison pour rejetter sa foi,
Tant que Nemours m'aima sans l'aveu de son Roi.
Hélas ! à s'enflammer la passion plus lente,
Dans une ame sévere en est plus violente ;
Bayard ne céde point. --- Ciel ! vais-je être aujourd'hui
Un flambeau de discorde entre Nemours & lui ?
Mais un plus grand danger m'alarme pour mon pere :
On va de vos complots pénétrer le mystere :
Et qui sait si Louis, après vos noirs détours,
Voudra permettre encor la clémence à Nemours ?
Ah ! pour vous faire un droit à leur bonté suprême,
Abjurez vos fureurs : avouons-les nous-mêmes :
Il n'est point de pardon que ne puisse obtenir
L'amour mêlant ses pleurs à ceux du repentir.

AVOGARE.

Qui ? moi, sacrifier à ton indigne flamme
Le plaisir de venger & mon fils & ma femme !
N'as-tu pas vu ton frere, en ce même palais,
Expirer à tes pieds sous les coups des François ?
Là, mes bras ont pressé les restes effroyables
De son corps déchiré par leurs lances coupables.
Sa main serra ma main pour la derniere fois ;
Les accens étouffés de sa plaintive voix
Ne purent que nommer la vengeance & son pere.
Je la jurai sur lui, sur sa mourante mere :
Sa mere, en s'immolant près d'un fils malheureux,
Invitoit ma douleur à les suivre tous deux :
Ta barbare tendresse arrêta ma furie.
Va, c'est pour me venger que j'ai souffert la vie.
Va, tu sais que mon cœur, pour haïr les François,
N'avoit pas attendu tous les maux qu'ils m'ont faits ;
Pour fruits de leurs dédains recueillant notre haine,
Tout les abhorre ici : leur nation hautaine
Nous croit nés pour servir sous vingt tyrans divers,
Et trop heureux encor de préférer ses fers.
En vengeant ma maison, j'affranchis ma patrie :
Le Ciel pour les François n'a point fait l'Italie :
De quel droit venoient-ils, du fond de leurs Etats,
Porter dans mes foyers le deuil & le trépas ?
Du moins, que, leurs malheurs consolant ma misere,
Ce jour soit le dernier pour leur armée entiere ;
Que dans toute la France, on voie avec effroi
Des peres désolés qui pleurent comme moi.

EUPHEMIE.

Dans quel égarement la fureur vous engage !
Des ayeux de Louis Milan fut l'héritage ;
La naissance nous place au rang de ses sujets,
Et nous fait partager ce grand nom de François.
A votre Souverain cessez d'être infidelle ;
Gloire, intérêt, devoir, vers lui tout vous rappelle.
Ah ! remplacez le fils que vous avez perdu,
Par un fils plus illustre & plus grand en vertu ;
Qui, portant avec moi votre sang sur le trône,
Fait réjaillir sur vous l'éclat de sa couronne :
Nemours met à vos pieds un sceptre glorieux,
Où n'osoit s'élever votre œil ambitieux ;
Et vous, prêt à frapper son cœur qui vous révere,
Vous aimez mieux vous voir son bourreau que son pere.

AVOGARE.

Crois-tu que ma raison embrasse imprudemment
Ce fantôme de gloire offert à ton amant ;
Que dans Naples jamais il garde la couronne
D'un peuple qui la brise aussi-tôt qu'il la donne ?

Nemours est-il plus grand, plus puissant, plus heureux
Que Charles & que Louis, qu'on en priva tous deux?
S'il se voit à son tour, chassé de l'Italie,
Il faudra donc le suivre; &, loin de ma patrie,
Traîner de mes vieux ans le reste infortuné,
D'un Prince sans Etats courtisan dédaigné?
Je suis libre en ces lieux sous la loi de Venise,
Et chef d'une Province à mon pouvoir soumise:
Les titres, les honneurs, sur ma tête amassés,
Sur celle de mon fils étoient encor placés.
(*Avec transport*)
Mon fils étoit ma gloire, & ma seule espérance;
Son nom déjà fameux doubloit mon existence;
Dans sa tombe, avec lui, tout est fini pour moi;
C'est un sang étranger qui doit naître de toi;
Sur la terre, à jamais, mon nom meurt & s'efface;
Les fils de ton époux ne sont rien dans ma race.

EUPHEMIE.

Voilà comme mon sexe est ici chez les grands!
Ils nous comptent à peine au rang de leurs enfans.
Un fils, flattant leur nom d'une grandeur future,
Est aimé par l'orgueil plus que par la nature.
Mon pere, quoi! jamais l'excès de mon amour
N'amènera votre ame au plus foible retour?
Ah! j'ai droit de me plaindre, & je demande grace.
(*Elle se met à genoux.*)
Est-ce un bonheur pour vous de combler ma disgrace?
Votre cœur isolé n'a rien autour de soi:
Que le besoin d'aimer le tourne enfin vers moi.
Souvent à se venger mettant sa seule étude,
De ce noir sentiment on fait une habitude.
Laissez-vous entraîner par un plus doux penchant;
La nature, à vos pieds, jette un cri si touchant!
Hélas! ne changez point, pour la tendre Euphémie,
En un supplice affreux le bienfait de la vie;
A l'auteur de mes jours, en sauvant sa vertu,
Je rendrai, s'il le veut, plus que je n'ai reçu.

AVOGARE.

Leve-toi. Ta priere & me lasse & m'offense.
Je n'ai, dans l'univers, de bien que ma vengeance:
(*Avec fureur.*)
Je donnerois pour elle & mon sang & le tien;
Ton cœur dénaturé n'appartient plus au mien;
Esclave du tiran qui perdit ta famille,
Amante d'un François, non, tu n'es plus ma fille.

EUPHEMIE.

Seigneur....

AVOGARE.

Mais quelqu'un vient. C'est l'ami de Nemours.

Mais

Perfide, livre lui mes secrets & mes jours;
Mais tremble.

EUPHEMIE.

Malheureuse!

(Tandis qu'elle reste dans l'accablement. Avogare sort en faisant à Altémore un signe d'intelligence.)

SCENE II.

ALTÉMORE, EUPHÉMIE.

EUPHEMIE, *vivement.*

AH! vous aimez mon pere:
Il a, de votre exil, soulagé la misere:
Il va se perdre; hélas! soyez son protecteur;
C'est moi qui, de Nemours, fis votre bienfaiteur;
Entre vos deux amis votre devoir vous place.

ALTEMORE, *avec une feinte surprise.*

Quel discours!

EUPHEMIE.

Prévenez leur commune disgrace....
Je vois Gaston, Bayard, de leurs chefs entourés,
Seigneur, éloignons-nous.

SCENE III.

GASTON, EUPHEMIE, ALTEMORE, BAYARD, D'ALEGRE, CHEVALIERS FRANÇOIS.

GASTON, *courant à Euphémie. Il tient à la main un plan roulé.*

MAdame, demeurez;
Vous voyez vos soldats. Cette pompe guerriere
Aux filles des héros n'est jamais étrangere:
Un seul de vos regards, enflammant vos vengeurs,
Peut, au-dessus d'eux-même, élever leurs grands cœurs.
Quand c'est pour la beauté qu'ils courent à la gloire,
Les François font voler le char de la victoire.
Mais que vois-je? vos yeux semblent mouillés de pleurs.

EUPHEMIE.

Prince, ce jour de gloire, est un jour de douleurs.
Mon pere, les dangers.... les vôtres... ma patrie...
Tout jette la terreur dans mon ame attendrie.

BAYARD.

La terreur! quand Nemours traversant tant d'états,
Vengeur de deux cités, vainqueur dans trois combats,
Dompte, en si peu de jours, par un talent suprême,
Et tout l'art des humains & la nature même!
Grace à leur nouveau chef, qui finit leur malheur,

La gloire des François égale leur valeur :
Ils craignoient pour Milan, Jules tremble pour Rome :
(En montrant Gaston.)
Et c'est la même armée, on n'y changea qu'un homme.

GASTON.

Cet homme, à son bonheur, doit bien plus qu'à son art :
Avec de tels Guerriers que n'eût point fait Bayard !

BAYARD, *vivement.*

Moi ! vos huit derniers jours valent ma vie entiere.
Votre marche savante est un coup de lumiere,
Qui montre un art nouveau que vous seul possédiez :
Je mesurois l'obstacle, & vous le surmontiez.

GASTON, *à Bayard.*

J'ai dû mon vol rapide à mes rigueurs utiles ;
J'ai banni de mon camp ce vain luxe des villes,
Qui, retardant toujours la course des héros,
Amollissoit des bras formés pour les travaux ;
A ces mâles Guerriers peu jaloux de leurs charmes ;
Le luxe que j'ordonne est l'éclat de leurs armes.
(Aux Chevaliers.)
Amis, pour peu d'instans, suspendons le combat ;
Quatre heures suffiront aux besoins du soldat.
Je veux, dans Bresse même, assaillir cette armée
A l'ombre de ses tours lâchement renfermée,
Qui devroit, déployant ses bataillons nombreux,
Presser ma foible troupe & l'écraser entr'eux :
Ce prodige nouveau doit tenter ma vaillance :
Aux exploits de Fornoue accoutumons la France :
Charles y brava l'effort de trois puissans états,
Et fit plus de captifs qu'il n'avoit de soldats.
(Avec une joie douce.)
Chevaliers, je réclame une autre loi chérie :
On plaît à la beauté, quand on sert la patrie.
Voyons, avec éclat, qui de nous, en ce jour,
Saura, par plus d'honneur, mériter plus d'amour.
(Vivement, en montrant Euphémie.)
Voilà le digne objet de ma flamme fidele,
D'une ardeur que Louis permet que je révele :
Dès long-temps mon hommage a su plaire à ses yeux......

BAYARD, *à part.*

Ciel !

GASTON, *plus vivement.*

Si ce jour peut voir mon front victorieux,
Demain je veux unir, dans Bresse encor sanglante,
A sa main vertueuse une main triomphante ;
Et dans Naples bientôt la guidant avec vous,
Pour la mieux mériter, couronner son époux.

BAYARD.

Son époux ! Vous, Seigneur ?

GASTON.

D'où naît votre surprise ?

BAYARD.

Vous connoissez Bayard, & quelle est sa franchise ;
Prince, j'aime Euphémie, & l'aime avec fureur.

GASTON, *avec douleur.*

Qui ? vous, — me l'enlever ! — C'est m'arracher le cœur,

BAYARD, *avec passion, mais sans éclat.*

Ah ! qui veut me l'ôter, me doit ôter la vie.

GASTON.

Bayard.

EUPHEMIE, *à Gaston.*

Eh ! modérez....

BAYARD, *avec humeur.*

Vous l'aimiez, Euphémie !
Vous me cachiez vos feux ! — Et j'en suis plus jaloux.
Mais respectez ici les droits que j'ai sur vous :
La foi de votre pere à ma foi vous engage,
Et je sais conserver le prix de mon courage.

GASTON, *vivement.*

(*En montrant Euphémie.*)

Mes titres sont égaux, mon courage, & son choix.

(*Plus tranquillement.*)

Nemours, comme Bayard sait conserver ses droits.

BAYARD.

Eh bien ! Seigneur, il faut.... Mais mon devoir m'impose;
Votre nom, votre rang..

GASTON.

Mon rang ! Je le dépose :
Et l'amour & l'honneur vous rendent mon égal.

BAYARD.

Ah ! vous m'êtes plus cher que mon premier rival.

GASTON.

Comment ! Que dites vous ?

BAYARD, *avec force.*

Ce qu'Euphémie ignore ?
J'ai disputé sa main contre Sotomaiore ;
Armé par l'amour seul, j'immolai ce Guerrier.

GASTON.

Les exemples, Bayard, ne peuvent m'effrayer —
Mais j'ai dû vous entendre, & ce mot doit suffire.

(*Aux Chevaliers.*)

Vous, aux postes fixés que chacun se retire ;
Et qu'on attende en paix le moment de l'assaut.

(*Les Chevaliers ne se retirent pas : ils paroissent agités, & parlent bas entre'ux. Nemours continue en prenant Bayard par la main.*)

Je vous connois un cœur & trop juste & trop haut,
Pour oser soupçonner que jamais la patrie

Souffre de nos débats, & soit plus mal servie.
Je vous charge, Bayard, d'observer de plus près
Mon ordre de bataille, & mes desseins secrets.
(Il lui remet le plan roulé.)
Voyez si ma jeunesse a trompé ma prudence;
Ouvrez sur mes projets l'œil de l'expérience.
Quand nous aurons vaincu pour l'honneur de l'état,
Je verrai si le mien veut un autre combat.

BAYARD, *ému.*

Seigneur.....

GASTON.

Allez Bayard.

(Bayard sort; les Chevaliers le suivent.)

SCENE IV.

GASTON, EUPHEMIE.

EUPHEMIE.

NEmours, qu'allez-vous faire!
Pensez vous que j'approuve un amour sanguinaire:
Qui, par vous, d'un ami va déchirer le sein,
Ou vous faire tomber sous sa coupable main?
Et c'est moi, juste Ciel! moi, qui perdrois encore
Un héros que j'admire, ou celui que j'adore!

GASTON.

Calmez ce tendre effroi. Bayard peut se dompter,
Je lui laisse le temps de se mieux consulter.
Qu'en vous cédant à moi Bayard me satisfasse,
C'est l'unique moyen d'expier sa menace:
Si j'avois pu me vaincre, une telle fierté
M'en auroit pour jamais, ravi la liberté.
Mais un premier transport peut égarer sa flamme,
Garde-t-on, près de vous, l'empire de son ame?
Moi-même, malgré moi, de colere animé...
Il est plus excusable; il n'étoit point aimé.

SCENE V.

GASTON, EUPHEMIE, AVOGARE.

AVOGARE.

AH! Prince, pardonnez ma fatale imprudence;
Il est vrai, de Bayard j'ai flatté l'espérance:
Croyois-je que Nemours descendroit jusqu'à nous?
Bayard menace en vain, Euphémie est à vous.

GASTON.

Comte, j'ai renfermé la flamme la plus pure,
Tant qu'un refus du Roi pouvoit vous faire injure:
C'est pour vous l'épargner, qu'en pressant ce lien,

Même avant votre aveu, j'ai recherché le sien.
Ne craignez point Bayard, je défendrai mon pere;
Puissent mes tendres soins & mon respect sincere
Rendre, après tant de pleurs, un fils à votre amour!

AVOGARE.

Mes pleurs vont être enfin essuyés en ce jour.
O mon fils! recevez ce doux nom qui m'honore.
(Il l'embrasse.)

EUPHEMIE, *à part.*

Il l'embrasse à mes yeux, quand je sais qu'il l'abhorre!
(A Nemours.)
Non, cher Prince; cessez de m'offrir votre main:
Ah! mon pere sait trop que je vous aime en vain.
Sans ce fatal combat que mon malheur prépare,
Un destin plus cruel aujourd'hui nous sépare:
Toujours par un malheur un autre est amené,
Et l'infortune encor cherche l'infortuné.

AVOGARE, *bas à Euphémie.*

Oses tu bien?....

GASTON, *à Euphémie.*

Quoi donc?

EUPHEMIE, *avec embarras, regardant quelquefois son pere.*

De nos Bressans rebelles
Vos yeux vont démêler les trames infidelles;
Et votre bras vengeur est prêt à les punir. —
Ma famille est dans Bresse, & le sang peut m'unir
A des cœurs criminels, — proscrits avec justice;
Mais — dont vous me verriez partager le supplice.

GASTON, *à Avogare.*

Mon pere! Et vous aussi, craignez-vous que mon cœur,
Sur ce qui vous est cher, n'étende sa rigueur! —
(A Euphémie.)
Le neveu de Louis, armé par sa vengeance,
N'est il pas en secret chargé de sa clémence?
Ah! qui versa des pleurs tremble d'en voir couler;
Et plus on a souffert, mieux on sait consoler.
Louis dans les reflus d'une cour orageuse,
Vit le sort opprimer son ame courageuse;
Il pleura près du trône où l'appelloit son sang;
Il parvint aux vertus, comme au suprême rang,
Par une route hélas! aux Rois trop peu commune,
Par cet heureux sentier de l'utile infortune;
Son cœur, qui la connut est plus tendre à sa voix;
Le meilleur des humains est le plus grand des Rois:
Et moi, dont ses revers ont affligé l'enfance,
Par les mêmes leçons j'appris la bienfaisance.

EUPHEMIE.

Quoi! vous pardonneriez à l'aveu du forfait?....

SCENE VI.

GASTON, EUPHEMIE, AVOGARE, ALTEMORE

ALTEMORE, *à Gaston.*

PRince, Bayard, pour vous m'a remis ce billet.

GASTON, *le prend & lit.*

« Lorsque l'on fit outrage, & qu'il faut qu'on répare,
« On doit, sans différer, satisfaire un grand cœur;
« Prince, je puis mourir dans l'assaut qu'on prépare,
« Et ne veux point mourir comptable envers l'honneur;
« Que mon chef lui-même choisisse
« Les armes, les témoins, & les juges du camp;
» Qu'il hâte un beau moment de gloire & de justice;
« Je me crois son ami, même en le provoquant.

AVOGARE.

Reconnoît-on Bayard à ce nouvel outrage?

GASTON.

Je reconnois l'amour, la seule erreur du sage.
(*A Altémore.*)
Qu'il s'apprête à l'instant, & que pour ce combat...

EUPHEMIE, *impétueusement.*

Non, je cours m'opposer à ce double attentat.
(*Regardant son pere.*)
Le plus pressant péril doit entraîner mon ame:
(*A Gaston.*)
J'éclairerai Bayard sur les droits qu'il réclame;
Il verra qu'en voulant tyranniser mon choix,
Des dignes Chevaliers il foule aux pieds les loix;
Que, s'il se perd lui-même, il trahit sa patrie;
Que, s'il tranche vos jours, il m'arrache la vie.
Dans le fond de son cœur, je prendrai pour appui
L'orgueil que met un sage à triompher de lui;
J'oserai me servir de ce pouvoir suprême,
Que l'objet qu'on adore a contre l'amour même:
Et, si tant de devoirs sont bravés sans égard,
Le vainqueur de Nemours... ou celui de Bayard,
N'emportera, pour prix de sa gloire cruelle,
Que la publique horreur & ma haine éternelle.
(*Elle sort.*)

SCENE VII.

GASTON, AVOGARE, ALTEMORE.

GASTON.

TOus ses efforts sont vains. Après ce grand éclat,
C'est moi qui maintenant vais presser ce combat.
Bayard, je différois un malheur nécessaire.

Mais tu veux le hâter il faut te satisfaire.

AVOGARE, *à Altémore, avec une colere feinte.*

Seigneur, un tel billet dut rester dans vos mains :
La prudence....

ALTEMORE, *avec une fausse naïveté.*

Bayard me cachoit ses desseins.
Et d'ailleurs, pour lui seul je permets qu'on frémisse ;
Nemours a pour appui son bras & la justice :
Le Ciel, au champ d'honneur, combat pour la vertu :
(D'un air mystérieux.)
Et le cœur de Bayard à ce Ciel est connu.

GASTON.

Comment !

ALTEMORE.

Bayard ici le vendoit à Rovere ;
Vous punirez un traître autant qu'un téméraire.

GASTON.

Bayard un traître ! lui ! — vous l'osez soupçonner ? —
Vous n'êtes point François, on peut vous pardonner.

ALTEMORE.

Cependant.....

GASTON.

Croyez moi, l'oubli de cette injure
Est de mon amitié la marque la plus sûre. —
Mais quoi ! je combattrois ce héros vertueux !
(Se parlant à lui même.)
Je sens trop qu'en secret l'espoir présomptueux
Me dit qu'heureux vainqueur d'un mortel invincible,
Gaston ne verroit plus de triomphe impossible ;
Que la France, l'Europe & l'Univers entier,
De leurs Guerriers en moi, vanteroient le premier. —
Chassons d'un tel desir l'orgeuilleuse infamie.
J'entends gémir plus haut, l'amitié, la patrie.
(A Avogare.)
Hélas ! j'aime Bayard ; & ce fer destructeur,
Au travers de ses flancs, va rechercher son cœur !
Ce cœur, de l'honneur pur asyle vénérable,
De toutes les vertus trésor inépuisable.
O Guerrier Citoyen qui fis tout pour ton Roi,
Jusqu'à t'abaisser même à le servir sous moi ;
Va, mourant par tes coups, je t'aimerois encore.
(Avec colere.)
Honneur, cruel honneur ! je te sers & t'abhorre :
Et vous, lauriers affreux dont il faut me couvrir,
Même en vous détestant, je vole vous cueillir.
(A Altémore.)
Vous, allez à Bayard rapporter ma réponse.
(Il le retient.)
Mais il est un obstacle, amis, & tout l'annonce.

Si l'armée apprenoit ce dangereux hasard,
Tous les cœurs entre nous formeroient un rempart;
Seuls maîtres du secret, gardez de le répandre.
(*A Altémore*)
Que Bayard, dans une heure, ici vienne se rendre:
L'épée est ma seule arme & plait à sa valeur;
Contre Sotomaiore il fut ainsi vainqueur:
Eloignons tout François, Avocare, Altémore,
Vous serez nos témoins.

AVOGARE.

Moi?

GASTON.

Ce choix vous honore.
(*Il fait signe à Altémore de partir, & celui-ci obéit.*)

AVOGARE, *prenant la main de Gaston.*

Mon fils!

GASTON.

Ciel? — Euphémie! Ah! trompons ses douleurs.
Quels que soient mes destins.... vous essuyerez ses pleurs.
Je vais donner mes soins, s'il faut que je succombe,
Pour que l'état triomphe en pleurant sur ma tombe.
O Bayard! si je meurs, j'acquitterai Louis;
Je veux, en t'accablant de bienfaits inouis,
Rendre encore mon vainqueur jaloux de ma mémoire,
Et mettre ma défaite au-dessus de ta gloire.
(*Il sort.*)

SCENE VIII.

AVOGARE, *seul.*

COmme mes ennemis viennent servir mes vœux!
Mais... O nouveau bonheur! — Ils sont perdus tous deux.
Seuls témoins d'un combat que leur armée ignore,
Leur vie est dans mes mains, dans celles d'Altémore:
Nous pouvons, saisissant le vainqueur éperdu,
L'immoler, sans péril, dans le sang du vaincu.
Allons, & qu'aussi-tôt les portes soient livrées:
Appellons, dans ce fort, nos cohortes sacrées.
France, tous tes soldats, surpris, enveloppés,
Vont, sans ordre & sans chef, être par tout frappés.
Qu'à peine il en reste un qui puisse, en sa retraite,
A ton Prince tremblant annoncer leur défaite.
Va, l'Italie en toi vit toujours son fléau:
Mais toujours des Gaulois elle fut le tombeau.

Fin du second acte.

ACTE III.

SCENE PREMIERE.

AVOGARE, ALTEMORE.

(*Ils entrent par deux côtés opposés.*)

ALTEMORE.

Les efforts d'Euphémie ont été superflus ;
Et l'amour de Bayard s'en irrite encore plus.

AVOGARE.

Pescaire est près du pont ; il va s'en rendre maître ;
Au signal convenu, nous le verrons paroître.

ALTEMORE.

L'heure approche ; & bientôt l'un de ces deux Guerriers,
En triomphant pour nous, tombe sur ses lauriers.

AVOGARE.

Mais, dis-moi, Ferdinand veut-il, au fond de l'ame,
Qu'on ose assassiner le frere de sa femme ?
T'a-t-il peu commander....

ALTEMORE.

Il est de ces forfaits
Qu'un Souverain prudent ne commande jamais :
Sûr du vœu de son maître, un courtisan habile,
En lui sauvant la honte, acheve un crime utile.
Le parti de Gaston dans Naples est dominant ;
Qui perd ce Prince, assure un trône à Ferdinand ;
L'inutile vertu peut languir sans salaire ;
Mais un pareil service est le grand art de plaire.
Ah ! de nos fiers tyrans j'admire la fureur ;
De leur chûte, à nos mains, ils dérobent l'honneur ;
Votre fille, comme eux, sert mes feux qu'elle ignore ;
Elle conduit le fer dans le cœur qu'elle adore ;
Expiant, malgré soi, ses indignes amours,
C'est elle qui m'immole & Bayard & Nemours.
Vengez-nous de vous-même, ô conquérans avares,
Qui dépouillez nos champs pour vos climats barbares !
Vous qui, de tous nos biens usurpateurs jaloux,
Nous ravissez encor les cœurs qui sont à nous.

AVOGARE.

Calme-toi. Crains qu'un mot ne décele ta flamme ;
Il faut, plus que jamais, l'enfermer dans ton ame,
Vois comme ma prudence enchaîne mon courroux !
Cacher ses passions n'est pas un art pour nous.
Songe sur-tout, ami, qu'au gré des conjectures,
Il faut hâter, suspendre, ou changer nos mesures,

Unir ou séparer nos différens projets :
Le tems, l'occasion les doit trouver tout prêts.
Car je doute toujours que ce combat s'acheve,
Qu'entre les deux rivaux le camp ne se souleve....

ALTEMORE, *appercevant Bayard.*

Non, Seigneur, bannissez cet injuste soupçon :
Bayard vient, & je vole en avertir Gaston.

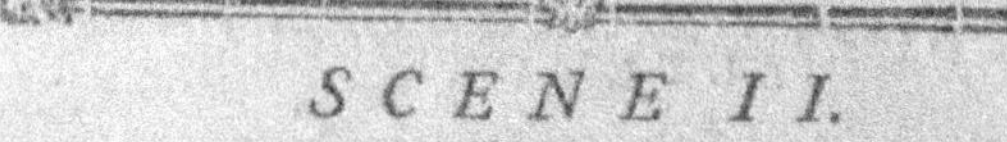

SCENE II.

AVOGARE, BAYARD.

BAYARD, *avec tranquillité.*

C'Est donc ici le champ de ma gloire nouvelle :
Je ne cueillis jamais une palme plus belle ;
J'aime à vous voir mon juge.

AVOGARE.

Ah ! croyez que mon cœur
Me feroit fuir ces lieux, s'il doutoit du vainqueur ;
Bayard va triompher, quand Bayard va combattre :
C'est un jeune imprudent que vous allez abattre :
Je le plains. Mais, Seigneur, j'aurois bien plus gémi
De la nécessité de trahir mon ami.
Je vous l'ai dit tantôt ; sans ce fatal remede,
Il faut, en rougissant, que mon amitié cede
Au tyrannique abus des volontés du Roi,
Q'Euphémie & Gaston font valoir contre moi.
Leur amour mutuel, armé de la puissance,
Menace de braver ma vaine résistance.

BAYARD, *d'un air sombre & passionné.*

Elle adore Nemours, & l'avoue à mes yeux !
Chaque mot me rendoit mon rival odieux.
Quoi ! même en m'outrageant, elle en a plus de charmes !
Par quels ardens transports, mêlés de tendre larmes,
Elle a tout essayé pour vaincre mon amour !
Si l'honneur à mes vœux permettoit un retour,
S'il n'eût, d'un bras d'airain, marqué notre carriere,
L'ingrate, & sa beauté changeoient mon ame entiere.
(*Avec indignation.*)
Amour, ah ! sous quel joug m'as-tu donc asservi !
L'homme, par ton délire, à soi-même est ravi ;
Tu lui fais une autre ame & transformes son être :
Bayard même, Bayard de son cœur n'est pas maître.
Mais j'apperçois Gaston.

AVOGARE, *à part.*

C'est le dernier moment.

SCENE III.

GASTON, BAYARD, ALTEMORE, AVOGARE.

GASTON.

Bayard, si la raison suit votre emportement,
En n'accusant que vous, plaignez-nous l'un & l'autre:
Nous devons à l'honneur ou ma vie ou la vôtre.
Si c'est moi qui péris, ne craignez rien du Roi;
(Il remet à Altemore un paquet de papier.)
Songez à le servir & pour vous & pour moi:
A ce prix de mon sang il a droit de s'attendre.
Mais hélas! s'il vous perd, que pourrai-je lui rendre?
Recevez mes regrets & mon adieu fatal;
Embrassez un ami....
(Il l'embrasse, & ensuite il met l'épée à la main.)
Combattez un rival.

BAYARD.

Prince, en vous offensant, je me suis fait outrage:
J'ai voulu m'en laver dans le champ du courage;
Pour accoître l'honneur que j'y trouvai toujours,
Je sais comment Bayard doit combattre Nemours.
(A très haute voix.)
Entrez braves Guerriers, fiers soutiens de la France.
(Une foule de Chevaliers entrent.)

GASTON.

Ciel!

AVOGARE, *à part.*

O revers!

BAYARD, *vivement.*

Vous tous, témoins de mon offense,
Chabannes, Luxembourg, Tonnerre, d'Aubigny,
Brissac, mon digne émule, & toi, cher Coligny;
Vous, qu'en secret ici j'ai priés de vous rendre,
Pour un noble dessein qui devoit nous surprendre;
(A Euphémie qui entre par un autre côté.)
Vous sur tout, digne objet de mon fatal amour,
Tous, que ma faute honore ainsi que mon retour, —
(Il tire son épée avec le fourreau.)
Contemplez — de Bayard l'abaissement auguste;
(Il la pose aux pieds de Gaston.)
Voyez comme il remplit le devoir noble & juste,
Que l'honneur véritable impose à la valeur,
Et comment un Guerrier se punit d'une erreur.

GASTON.

Attendri, transporté, je sens couler mes larmes.
Le plus grand des Guerriers, Bayard me rend les armes!

(Il ramasse l'épée de Bayard, & lui donne la sienne.) *
Je garde ton épée, & la mienne est à toi :
Tremblez plus que jamais, ennemis de mon Roi,
Du glaive de Bayard ma valeur est armée ;
Ce sceptre de l'honneur va guider mon armée.
Vous, François, apprenez si je suis à demi
Digne d'un tel rival, digne d'un tel ami.
(À Altémore)
Remettez dans ses mains ce que je vous confie,
L'écrit qu'il recevoit, s'il m'eût ôté la vie.
(Bayard prend le paquet.)
Vois que j'avois l'orgueil de vivre dans ton cœur :
Connois quelle dépouille eût orné mon vainqueur ;
Le Roi, si dans nos camps je perdois la lumiere,
M'a juré d'accomplir ma volonté derniere ;
Et Bayard, par mon ordre, en terminant mes jours,
Devenoit Comte & Duc de Foix & de Nemours ;
En te donnant mon nom j'en étendois la gloire,
Et j'aurois confondu ta vie & ta mémoire.
Madame, à votre main j'avois même attenté ;
Revivant dans Bayard, m'auriez-vous rejetté ;
Votre cœur magnanime eût imité les nôtres ;
Un prodige d'honneur en fait inspirer d'autres : —
Dans l'yvresse où je suis, je ne sais même encor
Si l'élan de la gloire & son sublime essor
N'entraînent point mon ame exaltée, agrandie,
Au sacrifice entier.... Non ma chere Euphémie,
Non : ce triomphe horrible est au-dessus de moi.

BAYARD.

Il m'appartient, Seigneur, un seul mot fait ma loi ;
On vous aime : songez à ma faute, à mon âge :
Ce triomphe peut seul réparer mon outrage :
Oui, Madame, je cede au choix de votre cœur ;
(A Avogare) *(A Euphémie.)*
Je vous rends votre foi. Pardonnez ma fureur ;
De ma foible raison j'avois perdu l'usage.
Il faut bien que vos yeux excusent leur ouvrage ;
Concevez où s'étend l'excès de leur pouvoir ;
Ils ont fait, à Bayard, oublier son devoir :
(Vivement.)
Mais, par un prompt retour, mon juge incorruptible,
Mon cœur, m'a remontré ce devoir inflexible :
Je l'ai vu, j'ai rougi : le sacrifice est fait ;
J'ai provoqué Gaston pour en presser l'effet ;
Je tremblois que l'honneur, dans l'assaut qui s'approche,
A mon dernier moment fit son premier reproche.
Je l'avouerai. Vos pleurs, vos soins pour me fléchir,

* *Qu'il a remise dans le fourreau pendant que Bayard lui parle.*

M'ont presque retenu quand j'allois m'affranchir ;
Votre aspect rend encor ma victoire pénible :
Ma perte, en vous voyant, me devient plus sensible :
(Avec force.)
Mais à des vrais Guerriers, sur eux mêmes absolus,
Jamais les passions ne coûtent des vertus.
De mon pouvoir sur moi je viens de me convaincre ;
Quand on se combat bien, l'on est sûr de se vaincre.
Mon cœur, où plus de feux viennent de s'allumer,
Renonce à votre cœur, — mais non à vous aimer.
Je voue à vos appas ce respectable hommage,
Que la beauté se plaît à permettre au courage ;
Cet encens noble & pur, que tous nos Chevaliers
Brûlent sur les Autels au milieu des lauriers ;
Il eût droit d'être offert aux plus illustres Reines :
Vous le serez, Madame : oui, vos loix souveraines,
Toujours après Louis, disposeront de moi : —
(En prenant la main de Gaston.)
Et c'est à votre époux que j'en donne ma foi.

EUPHEMIE.

Dans mon ravissement, à peine je respire
Quel sentiment profond tant de grandeur inspire !
Ah ! s'il étoit un prix pour le plus vertueux,
Quel mortel oseroit choisir entre vous deux !
(A Gaston.)
Cher Prince, qu'il est doux pour ce cœur qui vous aime.
D'être offert à Gaston des mains de Bayard même !
(A Avogare.)
Mais mon pere — veut-il permettre mon bonheur ?

AVOGARE, *à sa fille. (bas.)*

Ton bonheur est le mien. — Tout est changé.

SCENE IV.

Les Acteurs précédens, D'ALEGRE.

D'ALEGRE, *à Gaston.*

Seigneur,
Nos Canons, dirigés par votre heureuse adresse,
Ont fait crouler le mur & les canons de Bresse ;
L'ennemi, dans la plaine, est contraint de sortir ;
A tenter la bataille il paroît s'enhardir.
J'ai vu se déployer les drapeaux de Rovere,
Et briller vers ce Fort les lances de Pescaire.

GASTON, *avec un éclat de joie.*

Enfin donc, une fois, ils nous viennent chercher !
Vole, & que tout mon camp se dispose à marcher.
(D'Alegre sort.)

BAYARD, *très vivement.*

Nous allons vaincre, amis ; croyez-en ma promesse ;
J'ai le plan du combat tracé par sa sagesse :
Miracles du génie & chef-d'œuvres de l'art,
Les projets de Nemours gouvernent le hasard.

GASTON, *de même.*

Ah ! ton cœur & ton bras promettent plus encore.
(A Euphémie.)
Osez voir triompher l'amant qui vous adore.
(A Avogare.)
Restez ici près d'elle & montrez sur la Tour.

AVOGARE.

Moi, qu'en lâche témoin j'admire ce grand jour !
Le neveu de Louis va me nommer son pere,
Et je veux mériter une gloire si chere.

GASTON, *toujours avec chaleur.*

Daignez donc la conduire, & vous suivrez nos pas.
(Prenant Bayard par la main.)
Viens : de notre querelle instruisons nos soldats ;
Que, pleins de ta grande ame, ils marchent aux alarmes.
(Aux Chevaliers.)
O François ! soutenez la gloire de vos armes.
Qui pourroit aujourd'hui résister à vos coups ?
Vos deux chefs ont l'honneur d'être dignes de vous.
(Ils sortent tous, à l'exception d'Avogare & d'Euphémie.)

SCENE V.

AVOGARE, EUPHEMIE.

EUPHEMIE, *arrêtant son pere prêt à sortir.*

MOn pere ! expliquez-vous. Quel dessein vous anime ?

AVOGARE.

Peux-tu le demander ? Je cours laver mon crime ;
J'admire, je chéris ces sublimes mortels.

EUPHEMIE.

Grand Dieu !

AVOGARE, *avec enthousiasme.*

Viens t'aplaudir dans mes bras paternels ;
Mes yeux sont dessillés, cet exemple m'accable ;
O de leur héroïsme ascendant incroyable !
Tous deux m'ont terrassé par ces foudres vainqueurs,
Dont s'arme la vertu pour tonner dans les cœurs ;
J'ai senti, malgré moi, son invincible flamme
Pénetrer dans mon sein, s'ouvrir toute à mon ame,
Y porter les regrets, les remords déchirans :
Je me suis vu si vil près d'ennemis si grands,
Que, détestant soudain ma noire perfidie,
Je me crois trop heureux si mon trépas l'expie.
(En l'embrassant.)

Adieu : pardonne-moi ma honte & ta douleur ;
Tu me vois vertueux, tu me verras vainqueur.

SCENE VI.

EUPHEMIE, *seule.*

Ciel ! mon cœur goûte enfin une volupté pure :
L'honneur y met en paix l'amour & la nature :
Après tant de tourmens mon pere m'est rendu.
Cher amant, ses remords sont nés de ta vertu !
Je veux, à ton amour derrobant ce mystere,
Jamais devant tes yeux ne voir rougir mon pere ;
Et ton ame, ignorant qu'il a pu te trahir,
N'aura pas un moment cessé de le chérir.
Allons .... Mais ce combat....

(Elle s'arrête avec saisissement.)

Je me sens consternée. —
Pourquoi ? Nemours va vaincre, & c'est sa destinée. —
Ah ! souvent aux vainqueurs le sort cache un écueil ;
Dans leur char de triomphe il place leur cercueil.

Fin du troisieme Acte.

ACTE IV.

SCENE PREMIERE.

EUPHEMIE, *seule, & dans le plus grand désordre.*

Fuyons, mes yeux sont pleins de ce vaste carnage.
Des fureurs des mortels épouvantable image !
Le sang qui ruisseloit de tant de corps épars,
Ces têtes qui tomboient du haut de ces ramparts :
Les fers étincelans, & les feux plus terribles,
Reproduisant la mort sous cent formes horribles,
Et poursuivant par-tout mon pere & mon amant. —
(Elle s'assied.)
Mon pere ! qu'il m'est cher, hélas ! en ce moment !
Dieu juste à la vertu quand ta voix le rappelle,
Veux-tu rendre sa perte à mon cœur plus cruelle ?

(Avec un peu de joie.)

Mais Nemours !....Sur la brêche, en vainqueur, il montoit :
Sur des monceaux de mors la gloire l'attendoit. —
(Se reprenant.)
La gloire ! & c'est donc là que l'homme l'a placée !
O délire infernal ! barbarie insensée....
(Elle se releve.)
Quoi ! j'entends jusqu'ici les cris des combattans,
Percer le bruit lointain de cent bronses grondans ; —
J'entends se rapprocher ces clameurs effroyables, —

Et gémir tous ces murs, quelques voix lamentables!
Un cri plus douloureux me glace de terreur; —
Se peut-il!... je succombe... Ah! je vois le vainqueur.
(Elle retombe sur le fauteuil.)

SCENE II.

EUPHEMIE, URBIN, GARDES.

URBIN.

Vous voyez un captif, qui rougit peu de l'être;
La chaine de Bayard va m'honnorer peut-être.
Il marchoit vers sa ville, à côté de Nemours,
Quand tous les Espagnols, par le Pont du Secours,
Ont tenté de ce Fort une attaque perfide.
Sur l'ordre de son chef, Bayard, d'un pas rapide,
Court à ce Pont fatal, le voit sans défenseurs,
S'élance, arrête seul les Espagnols vainqueurs;
Fait revoir cet exploit, prodige de l'histoire,
Qu'on disoit fabuleux, mais qu'il nous force à croire:
Après un long combat les siens l'ont secouru:
Ils alloient triompher, quand j'y suis accouru:
De ce choc décisif je sentois l'importance:
Mais le nombre des miens, leur fiere contenance,
A ce torrent fougeux ne peuvent résister;
Leur courage impuissant ne sert qu'à l'irriter.
Redoublant des François l'indomtable furie,
Dans son dernier soldat Bayard se multiplie.
Je vois au tour de moi mes escadrons percés;
Leurs étendars ravis & leurs chefs dispersés.
Resté seul à mon tour, il a fallu me rendre.
Hélas! dans quel moment! gémissez de l'apprendre;
On venoit de blesser ce guerrier généreux;
Il avoit, sans frayeur, senti ce coup affreux.
Mais il tombe; & l'on trouve, au défaut de l'armure,
Tout le fer d'une lance encor dans sa blessure;
On craint, en lui portant un secours meurtrier,
D'arracher à la fois sa vie avec l'acier;
On dit plus; que le coup part de la main d'un traitre. —
J'en ai vu près de lui, que vous devez connoître.

EUPHEMIE.

Non. Je n'en connois plus. Mais que devient Nemours.

URBIN.

Les fiers Vénitiens lui résistent toujours:
L'Alviane est un chef digne de sa vaillance;
Il est juste qu'entr'eux la victoire balance.
On apporte Bayard.

SCENE

SCENE III.

URBIN, EUPHEMIE, BAYARD, GARDES.

BAYARD.

(*Le corps entouré d'une écharpe, porté sur des étendards & des piques.*)

L'Effort de la douleur,
Pénétrant dans mon sein, en détache mon cœur:
Dieu! je sens défaillir ma force anéantie.
(*Après un peu de silence.*)
Mon ame étoit à toi, mon sang à ma patrie:
Mes cinq derniers ayeux, morts au lit des héros,
Reconnoissent leur Fils mourant sur des drapeaux.

EUPHEMIE.

Bayard, voyez les pleurs de la plus tendre amie;
Quels regrets pour Gaston!

BAYARD, *d'une voix entrecoupée.*

C'est vous, belle Euphemie!
Eh bien! ai-je eu raison d'expier mon erreur? —
Je suis chéri de vous, & quitte envers l'honneur.
Sans peur & sans reproche à mon heure suprême,
Je sens mon ame fuir contente d'elle-même. —
Vous direz à mon Roi, que j'ai béni mon sort
De lui faire, en vos mains, hommage de ma mort.
(*La regardant tendrement.*)
Croira-t-il qu'un mortel ait pu céder vos charmes?

SCENE IV.

Les Acteurs précédens, AVOGARE.

AVOGARE.

Bayard, à ton malheur je viens donner des larmes.

BAYARD.

Un traître m'a frappé; ne pleure pas sur moi;
Pleure ce malheureux qui viole sa foi.

AVOGARE.

De ta mort, en tout lieux, la nouvelle est semée;
On dit que ce revers a fait fuir notre armée,
Que l'ennemi vainqueur.....

BAYARD, *se relevant un peu.*

Nemours est-il vivant?

AVOGARE.

On le croit.

BAYARD.

Et l'on dit l'ennemi triomphant!
(*Aux François qui l'environnent.*)

On vous trompe, Avogare — Allons, qu'on me remporte,
Le péril de Nemours rend ma douleur moins forte.
Retournez à l'assaut. Près de votre étendard,
Placez au premier rang les restes de Bayard ;
Ce front pâle & sanglant, ce bras foible & sans armes,
Aux ennemis bientôt renverront les alarmes.
(Pendant qu'on l'emporte.)
Ils ne m'ont pas encore entrevu sans frémir ;
Marchez, ils trembleront à mon dernier soupir :
Oui, je veux vous guider au fond de leurs asyles,
Du Guesclin au cercueil soumit encor des villes.
(Avogare le suit.)

EUPHEMIE.

J'entends crier victoire & Nemours & Louis.
(Avogare & les François s'arrêtent.)

SCENE V.

Les Acteurs précédens, D'ALEGRE.

D'ALEGRE.

Ce grand jour met le comble à la gloire des lys :
L'Alviane est aux fers, & Nemours est dans Bresse.

URBIN.

Ciel !

D'ALEGRE.

Parmi tous les soins le premier qui le presse,
Chevalier vertueux, c'est le soin de vos jours ;
Nous venons y veiller. J'ai hâté les secours
Que l'art va vous offrir sous un heureux auspice ;
Conduisons-le, Soldats, dans ce lieu plus propice.
(Il montre une chambre voisine.)

BAYARD.

Attends. — Avec ce fer mon ame peut sortir.
(Avec plus de force.)
Cher Nemours ! ah ! je veux, avant que de mourir,
Entendre le récit de ta gloire inouie,
Et jouir du beau jour que te doit ma patrie.
(A d'Allegre.)
Conte moi tes exploits. Son sang n'a point coulé ?

D'ALEGRE.

La foudre, autour de lui, vainement a volé.
Maître de soi, de tout, dans cet assaut terrible,
Le François, sous sa main, semble un coursier flexible,
Qu'il fait, sans nul effort, presser ou retenir,
Et dont la fiere ardeur s'étonne d'obéir.
Tout-à-coup votre mort, à grand bruit annoncée,
Fit reculer d'un pas une troupe avancée ;
Mais l'aspect de Nemours, dans le fond de leur cœur,
Fait de ce pas honteux l'aiguillon de l'honneur :

« François, vengeons Bayard, s'il est vrai qu'il succombe;
« Pourriez-vous, en fuyant, déshonorer sa tombe?
Ces mots, & la rougeur de son front indigné,
Quelques pleurs dont son œil étoit même baigné,
Ont décidé soudain du sort de l'Italie.
Dans Bresse, vainement, le Romain se rallie:
En vain le citoyen, sous ses toits renfermé,
Verse sur les vainqueurs le bitume enflammé;
J'ai vu (ce que jamais on ne pourra comprendre)
Trente mille Guerriers ardens à se défendre,
Aidés de la nature & des travaux de l'art,
Par dix mille François forcés dans un rempart.
Et notre armée en ordre au fort de la tempête,
Comme un camp dessiné pour les jeux d'une fête.

BAYARD, *avec tranquillité.*

On peut m'ôter ce fer, dût il trancher mes jours;
Je vois la France heureuse, & lui laisse Nemours.

(*On emporte Bayard, D'Alebre & Urbin le suivent.*)

AVOGARE, *à part, & regardant Bayard.*

Va, pour ce fier vainqueur tu peux trembler encore;
Tu le laisses en bute aux poignards d'Altémore.

EUPHEMIE.

Mon pere, aux assassins Nemours abandonné,
Comme Bayard, sans doute en est environné:
Je crains que, loin de vous, des conjurés perfides;
Ignorant vos remords, & de son sang avides,
Dans son triomphe aussi n'attentent sur ses jours.
Si vous veilliez sur lui....

AVOGARE.

C'est mon devoir, j'y cours.
(*à part.*)
Mais je vois Altémore! — & c'en est fait sans doute.

EUPHEMIE.

Ah! son trouble m'apprend ce que mon cœur redoute.

SCENE VI.

AVOGARE, EUPHEMIE, ALTEMORE.

AVOGARE, *à Altémore.*

EH! bien?

EUPHEMIE.

D'où naît, Seigneur, votre sombre embarras?
Que fait Gaston?

ALTEMORE, *affectant un peu de joie.*

Vers vous il marche sur mes pas.

EUPHEMIE.

Je cours lui présenter les palmes de la gloire:
C'est aux mains de l'amour à parer la victoire.

SCENE VII.

AVOGARE, ALTEMORE.

AVOGARE.

Quoi ! j'ai frappé Bayard, & Nemours est vainqueur !

ALTEMORE.

Il l'est pour un moment ; ne craignez rien, Seigneur.
D'illustres Chevaliers une élite aguerrie,
Connoissant qu'en secret on menaçoit sa vie,
L'entouroit, le couvroit de leurs superbes rangs ;
Le glaive ne pouvoit approcher de ses flancs.
Mais sa victoire enfin précipite sa perte ;
Sous ses lauriers trompeurs sa tombe est entr'ouverte.
Le voilà dans la ville, où nos pieges tendus
Par Urbin désormais ne sont pas retenus :
En chassant notre armée, on ne l'a pas détruite,
Le terrible Pescaire en a seul la conduite :
Il est maître sur-tout de l'obscur souterrain ;
Et cette nuit, dans Bresse, il va rentrer soudain.

AVOGARE, *vivement.*

J'ai su l'en prévenir. Las d'un assaut pénible,
Le François va tomber dans un sommeil paisible ;
L'imprudence le suit si-tôt qu'il est vainqueur.
Et toujours son désastre est près de son bonheur.

ALTEMORE, *aussi vivement.*

Bien plus. Votre palais dominant sur la ville,
Nemours, par mes avis, en a fait son asyle ;
Il doit y rassembler le conseil des Guerriers,
Et tous y vont périr par mes feux meurtriers.
C'étoit sous ce palais, je vous l'ai fait connoître,
Que Pescaire enfermoit le dépôt du Salpêtre ;
Je sais ce nouvel art ignoré des François,
Dont Navarre, à Bologne, a tenté les essais.
La poudre, de la terre entr'ouvrant les entrailles,
Fait voler dans les airs les pétantes murailles ;
Et lance, avec fracas, les éclats dispersés
Des fondemens unis aux combles renversés.

AVOGARE, *avec impétuosité*

Allons. Qu'au même instant où ce nouveau tonnerre,
Des chefs des ennemis aura purgé la terre,
Pescaire & les Bressans, fondant de toutes parts,
Egorgent dans la nuit tous les soldats épars.
Cours à ce grand objet que ton œil doit conduire ;
Moi, je garde ce Fort : & si Bayard respire,
Nemours enseveli dans ton gouffre infernal,
Pour immoler Bayard, deviendra mon signal :
Maître une fois du Fort, je te joins dans la ville.
Je veux, en surpassant les meurtres de Sicile,

Insolens étrangers qu'un moment vous ait vus
De l'Italie entiere à jamais disparus.

ALTEMORE, *appercevant Euphémie.*

Votre fille revient : retenez l'infidelle,
Nemours n'a plus qu'une heure à se voir aimé d'elle.

(Il sort.)

SCENE VIII.

AVOGARE, EUPHEMIE.

EUPHEMIE, *s'approchant tout près de son pere.*
(D'un air sombre, avec saisissement & les larmes aux yeux.)

Barbare, qu'ai-je appris ? j'en frissonne d'horreur.
Quoi ! vous m'avez trompée avec tant de noirceur !
Quoi ! vous m'avez réduite au malheur nécessaire,
De ne compter jamais sur la foi de mon pere ! —
Quelle vertu brilloit dans son faux repentir !
Peut on si bien la peindre, & ne pas la sentir ?

AVOGARE.

Quels transports insensés !

EUPHEMIE.

O jour de ma ruine !
Mon pere, au même instant, m'embrasse & m'assassine !

AVOGARE.

Téméraire, oses-tu ?...

EUPHEMIE.

Ces mains, teintes de sang,
Du généreux Bayard n'ont pas percé le flanc ?

AVOGARE.

Moi ?

EUPHEMIE.

Vous. Urbin a vu la rage qui vous guide
Enfoncer & briser votre lance perfide.
Son estime pour moi m'a su tout découvrir.

AVOGARE.

Ah ! de mon changement Urbin veut me punir ;
Il te donne un soupçon. . . . .

EUPHEMIE.

Soupçonne-t on son pere ?

(Lui montrant un papier.)

Voilà ce que vous-même écrivez à Pescaire :
Du meurtre de Bayard vous osez vous vanter ;
Du meurtre de Gaston vous osez le flatter.

AVOGARE, *confondu.*

Pescaire a pu trahir des secrets redoutables !..

EUPHEMIE, *avec véhémence.*

Non. Pescaire jamais n'a trahi ses semblables ;
Exercé dès l'enfance aux talens de son Roi,
Quand on l'aide à tromper, on est sûr de sa foi.

Mais le sage Bressan, dont l'adresse & le zele
M'ont dévoilé jadis votre trame infidele,
Vient de surprendre encor ce billet odieux,
Que, par un prompt message, il m'envoie en ces lieux:
Et malgré ses vieux ans, sa vertu qui l'anime
Sait être infatigable autant que votre crime.

AVOGARE, *à part.*

Précipitons l'instant, tous mes ressorts sont prêts.

(Il veut sortir.)

EUPHEMIE, *le suivant.*

Si vous sortez, je cours publier vos projets.

AVOGARE, *la prenant par la main.*

Sais-tu que tu me dois.... que tu risques ta vie?

EUPHEMIE.

(Avec le plus grand emportement de la rage & de la douleur.)

Frappez, reprenez la quand vous l'avez flétrie;
Ma naissance est ma honte & fait mon désespoir,
Le malheur de ma vie est de vous la devoir. —
Que dis-je? Ah! pardonnez.

(Elle l'embrasse.)

Cher ennemi qu'j'aime,
Vous me devrez aussi vos jours, — malgré vous-même:
J'obtiendrai votre grace, ou mourrai près de vous.
Oui, cruel! Oui, —mon pere! Ah! si dans mon courroux,
Ma bouche audacieuse a pu vous faire injure,
Mes yeux donnent encor des pleurs à la nature.
Les sentez-vous couler? Pouvez-vous, sans douleur,
Les voir tremper la main qui m'arrache le cœur?

AVOGARE, *avec dissimulation.*

Cache donc mes secrets, par devoir, par tendresse:
Je crains tout, & demain je prétends quitter Bresse.

EUPHEMIE.

Demain! Eh! vous avez quelque piege ignoré
Dont, cette nuit encor, l'effet est assuré:
Ce billet me l'annonce. — Allons, le Ciel m'inspire;
C'est Nemours, en secret, que je vais seul instruire.

AVOGARE.

Quoi?....

EUPHEMIE.

Le crime & l'aveu sont pour moi deux malheurs.
Mais, en sauvant Nemours, j'enchaîne ses rigueurs;
Il me doit votre grace, elle est ma récompense.

(Elle veut sortir.)

AVOGARE, *se mettant au devant d'elle.*

Comment! tu veux livrer ma vie à sa vengeance?

EUPHEMIE, *très rapidement.*

Votre cœur n'est pas fait pour connoître le sien;
Vous le jugez par vous; j'en juge par le mien.
Vous alliez m'immoler dans ce héros aimable.

Il me respectera dans mon pere coupable :
Je dois, à sa vertu confiant vos destins,
Vous sauver des forfaits & des dangers certains.
(Elle veut encor sortir.)

AVOGARE, *furieux.*

Les dangers sont pour toi, fille impie & barbare :
Redoute les transports où mon ame s'égare :
Je n'ai plus qu'un parti, celui du désespoir,
Les jours de ton amant vont être en mon pouvoir :
C'est l'Auteur de mes maux, de la mort de ta mere,
Le chef des meurtriers qui m'ont ravi ton frere ;
Lui, qui peut-être même a déchiré son flanc ;
Et, je saurai mourir tout couvert de son sang.
Telle est cette vengeance aveugle dans sa rage,
Vertu de nos climats, passion de mon âge.
Par-tout je vais te suivre, & m'attacher à toi ;
Et si tu vois Nemours, ce sera devant moi.
Tremble : par un regard, un geste, un mot perfide,
Tu hâtes son trépas & deviens parricide :
Dussé-je être à l'instant puni par ses soldats,
Je le perce à tes yeux, ou t'immole en ses bras.

EUPHEMIE.

Où suis-je ? Que résoudre ? Ah ! quel état horrible !

AVOGARE.

Nemours vient. Je crains peu cette garde terrible.....
(Voyant qu'elle veut s'éloigner de lui.)
Arrête, malheureuse, & reste à mes côtés ;
Tu n'échapperas point à mes yeux irrités ;
Renferme ta douleur, frémis qu'on ne la voie.

SCENE IX.

GASTON, AVOGARE, EUPHEMIE,
suite de François, dont plusieurs portent des Drapeaux.

GASTON, *à Euphémie.*
(Avogare se tient entr'elle & Gaston.)

Rassurez-vous, Madame, & partagez ma joie.
(A Avogare.)
Que le traître à présent doit être confondu !
Du salut de Bayard on nous a répondu ;
On a tiré le fer & calmé sa souffrance ;
Sa plaie, aux yeux de l'art, n'offre que l'espérance.
Quel bonheur pour l'état ; pour nous jeunes Guerriers !
Notre empire perdoit l'honneur des Chevaliers,
Le cœur dont la vertu nous inspire & nous guide :
Dans ton ame, ô Bayard, la nation réside.
Lautrec, allez au Roi présenter ces drapeaux,
Présages de la paix où tendent ses travaux :

(*A Euphémie.*)
Qu'au peuple de Paris mon triomphe va faire !
Vous verrez à quel point la gloire leur est chere ;
Quel prix leur tendre amour ajoute à nos lauriers !
Les cœurs des citoyens sont bien dus aux Guerriers.
(*Lautrec sort avec les drapeaux ; les autres François restent.*)
Et vous, sages héros, à qui je rends hommage,
Vainqueurs des ennemis & de votre courage,
Commandez-vous toujours en sachant obéir :
Grace à ce feu prudent qui sait se contenir,
Jamais si peu de sang n'a payé tant de gloire ;
C'est par-là que Nemours estime sa victoire,
Que du cœur de Louis il accomplit les loix.
François, qui prodiguez votre sang pour vos Rois ;
Vous méritez un Roi qui sache en être avare.
Allez, je vais vous suivre au palais d'Avogare. . . .

AVOGARE, *à part.*

Quel bonheur !

GASTON.

Cette nuit, nous y veillerons tous :
Que le soldat repose ; il souffre plus que nous.
Epargnez l'habitant ; foible instrument du crime,
On l'en rend trop souvent la premiere victime.
(*Toute la suite se retire.*)

SCENE X.

GASTON, EUPHEMIE, AVOGARE.

AVOGARE, *à part.*

IL reste !

GASTON, *approchant d'Avogare.*

La fortune est prompte en ses retours ;
Quand on veut toujours vaincre, il faut veiller toujours.
Seigneur, votre palais au milieu de la ville,
Pour l'œil du Général devient un centre utile ;
Excusez, comme un fils, si j'en ose ordonner.

AVOGARE, *avec malignité.*

Ah ! mon cœur se plaisoit à vous le destiner.
Mais partons. GASTON, *le retenant.*
Profitez du moment qui me reste.
Pour m'instruire tous deux d'un complot trop funeste.

AVOGARE.

Nous ! GASTON.
Au nom d'un vieillard dans Bresse retenu,
A l'instant un soldat à mes pieds est venu.
« L'assassin de Bayard menace votre vie, »
M'a-t-il dit : « ce secret est connu d'Euphémie. »
(*A Euphémie.*)
Vous allez m'éclairer sur ces lâches forfaits ?

Quel

Quel bonheur que mes jours soient un de vos bienfaits ! —
[*A Avogare, en lui prenant la main qu'il portoit à son poignard.*]
[*A Euphemie.*]
Elle ne répond point ! — Nommez donc le coupable.
Peut-être de ma mort vous seriez responsable.

EUPHEMIE, *à part, en regardant de côté son pere & Gaston.*
Si je me place entr'eux, je n'expose que moi.
[*A Gaston, en voulant aller à lui.*]
Seigneur.... [*Avogare la retient par le bras.*]

GASTON.
Vous l'arrêtez ? Ses yeux sont pleins d'effroi !

EUPHEMIE, *à qui Gaston tend la main.*
J'ose à vos pieds....

AVOGARE, *levant le poignard sur Gaston.*
Frappons.

EUPHEMIE, *s'en appercevant.*
Mon pere !
(*Elle l'arrête, en l'embrassant avec violence.*)

GASTON, *mettant la main sur son épée.*
O perfide !

AVOGARE.
L'ingrate me retient, elle en sera punie.
(*Il veut la tuer.*)

GASTON, *lui arrachant le poignard.*
Non, barbare ; & toi-même à l'instant....
(*Il veut aussi le frapper.*)

EUPHEMIE, *s'élançant, & couvrant son pere de son corps.*
Ah ! Nemours,
Tu me rends patricide. — & j'ai sauvé tes jours.

GASTON.
Pardonne, je m'égare en voulant te défendre.
Holà, Gardes à moi.

SCENE XI.

Les Acteurs précédens, ALTEMORE, SOLDATS FRANÇOIS.

GASTON.
Ciel ! que viens-je d'entendre !
Il immoloit sa fille.

ALTEMORE, *surpris.* Avogare.

GASTON. Son bras
Combloit aussi sur moi tous ses assassinats.
(*Il jette le poignard.*)

ALTEMORE, *à Avogare.*
Quoi, vous ? quel changement ! quelle aveugle furie !...

AVOGARE, *avec colere feinte.*
Je ne t'imite point en vendant ma patrie :
(*D'un œil d'intelligence.*)

Je frappois son tyran : — & voulois prévenir
L'Enfant dénaturé qui vient de me trahir.

GASTON.

Va, tu lui dois la vie : & tu n'as pour défense,
Que ses pleurs, ses vertus, — hélas ! & sa naissance.
(*A Altemore.*)
Non, je ne reviens point de cet excès d'horreur ;
J'en suis honteux pour lui. — Ciel ! avant que mon cœur
Soupçonne un tel forfait, ou le puisse comprendre,
Accorde-moi cent fois de m'y laisser surprendre.
(*A Altemore & aux Soldats.*)
Vous, que dans son palais on conduise ses pas.

EUPHEMIE.

Ah ! qu'il vive, ou je meurs.

GASTON, *bas à Euphémie.*

Il ne périra pas.
(*Haut.*)
Devant tout le conseil je veux qu'il me réponde,
Et de ses attentats percer la nuit profonde.

AVOGARE, *à Altemore, qui l'emmene.*

Puisqu'il vient au palais, allons hâter sa mort.

EUPHEMIE, *à Altemore pendant qu'on emmene son pere.*

Seigneur, vous qui l'aimiez, prenez soin de son sort.

ALTEMORE.

Au-delà de vos vœux — vous serez obéie. (*Il sort.*)

EUPHEMIE, *à Gaston, avec vivacité.*

L'amour te l'a livré, l'amour te le confie.

GASTON.

Je le suis au palais. Va, compte sur mon cœur ;
L'attrait de tes vertus s'accroît par ton malheur ;
Je leur dois plus d'amour & de respect peut-être,
Lorsqu'au sein des forfaits le destin le fit naître.

Fin du quatrieme Acte.

ACTE V.

Le Théâtre représente une Chambre attenant la Galerie où se sont passés les quatre premiers Actes. C'est dans cette Chambre que l'on a mis Bayard. Il est à demi-couché sur un lit militaire. Les armes de Bayard sont auprès de son lit.

SCENE PREMIERE.

URBIN, BAYARD.

URBIN, *débout, appuyé sur un fauteuil.*

EN nous voyant ainsi, qui penseroit, Seigneur,
Qu'Urbin fut le captif & Bayard le vainqueur ? —
Grace au ciel, pour vos jours me voilà sans alarmes.

BAYARD.

Que vos tendres bontés ont eu pour moi de charmes,
Généreux ennemi ! Tels sont les vrais Guerriers,
Rivaux au champ de Mars, amis dans leurs foyers.

URBIN.

J'attends ma liberté que vous m'avez promise.

BAYARD.

Mais doublez la rançon qui dut m'être remise. —
(Urbin paroît tout étonné.)
A vos Soldats blessés, je désirois l'offrir;
Chargez-vous de ce soin que je ne puis remplir;
Jules a causé leurs maux, je veux qu'il les soulage;
Et de son or sacré j'ennoblirai l'usage.
Mais parlons d'Avogare & de ses noirs projets.

URBIN.

J'ai toujours dédaigné d'en savoir les secrets:
Quand il osa sur vous combler son infamie,
Je confiai ce monstre aux vertus d'Euphemie:
J'ai cru servir ensemble & vous & mon pays,
D'arrêter ses projets, sans les avoir trahis.
Je voudrois, & ne puis vous nommer ses complices:
Vous ne les craignez plus, qu'importent leurs supplices?

SCENE II.

GASTON, BAYARD, URBIN.

GASTON, *à Bayard.*

J'Allois quitter ce Fort: mais un objet pressant
M'oblige à vous voir seul, si le Duc y consent.

URBIN.

Prince, je me retire. *(Il sort.)*

GASTON, *vivement.*

On trompe encore la France;
Des traîtres entouré, Bayard est sans défense;
Il faut bien que Nemours connoisse la terreur.

BAYARD, *se relevant un peu.*

Je ne puis rien pour vous, c'est-là tout mon malheur:
Quels sont donc nos périls?

GASTON.

Vous allez les entendre?
Un fidele Bressan vient pour me les apprendre,
Et d'un sage conseil je cherche les secours.
(Il va vers la porte.)

BAYARD.

Qui sait mieux en donner en recherche toujours.

GASTON.

Viens, approche.

SCENE III.

GASTON, BAYARD, UN VIEILLARD.

GASTON, *à Bayard.*

Euphémie, aux malheureux propice,
Tendit à ce Vieillard une main protectrice,
Et de ses longs revers adoucit les regrets :
Il a, d'un noble prix, su payer ses bienfaits ;
Et sûr de ses vertus, par un aveu sincere,
Il vint lui révéler les crimes de son pere.
C'est lui qui m'a tantôt envoyé par ses fils,
D'un double assassinat les généreux avis.

(Gaston s'assied)

BAYARD, *au Vieillard.*

La probité se peint sur ton front vénérable,
Et ce dehors heureux....

LE VIEILLARD.

Cache un cœur bien coupable.

(Se jettant aux pieds de Gaston.)

Ah ! j'ai besoin de grace, en venant vous sauver.

GASTON.

De grace.

LE VIEILLARD.

Mes sanglots m'empêchent d'achever.

GASTON.

Tu serois criminel ? & sur quelle assurance
Pourrois-je à tes discours donner ma confiance ?
Quel es-tu ?

LE VIEILLARD.

Pardonnez ma honte & mes regrets ;
Je ne suis qu'un Bressan, je fus jadis François —
Citoyen de Paris, mais d'obscure naissance,
J'allai chercher la gloire au sortir de l'enfance ;
Mon bras s'est signalé, lorsqu'aux murs de Beauvais
Une femme a vaincu le Flamand & l'Anglois :
Mais un service ingrat sous un Roi trop austere,
Tourna vers l'Etranger ma jeunesse légere :
De climats en climats j'errai pendant dix ans :
Et depuis trente hivers, fixé chez les Bressans,
Ainsi que tout François privé de sa patrie,
Je l'appelle, en pleurant, chaque jour de ma vie.

BAYARD.

Eh que n'y rentrois-tu, ramené par l'honneur ?

LE VIEILLARD, *un peu rapidement.*

J'ai combattu contre elle & je lui fais horreur.
Fier de mon origine, il faut que je la cache ;
La peur du châtiment, & l'hymen qui m'attache,
Ont retenu mes pas revolant vers les lys :
J'ai du moins à mon Roi pu rendre mes deux fils ;

Combattant sous vos loix, & dignes de vous plaire,
Ils consolent souvent la honte de leur pere.
Quand on entend vos noms, quand on voit vos succès;
Seigneur, qu'on est honteux de n'être plus François!
(*Avec plus de chaleur.*)
Mais... je viens vous sauver; eh! quel Guerrier fidele,
Honoré dans la France, aura plus fait pour elle?
Ah! ce service heureux, ce retour de ma foi,
Va bientôt retentir jusqu'au cœur de mon Roi.

GASTON.

Qu'as-tu donc découvert?

LE VIEILLARD.

La trame la plus noire,
Qui vous cache la foudre au sein de la victoire.
Dans tout le sang François brûlant de se plonger,
De meurtres, cette nuit, Bresse va regorger:
Oui, près du Mont sacré, des routes souterraines
Vont ramener Pescaire & les lances romaines;
Tandis que vers le fleuve, un gros de Citoyens
Ouvre un canal antique aux fiers Vénitiens;
Dans leurs Temples, déjà, sans bruit & sans alarmes,
Les Bressans désarmés ont repris d'autres armes;
On parle d'un rempart qui doit être abîmé,
Par ce Volcan nouveau sous la terre enfermé.
L'Espagnol s'en promet l'effet le plus terrible.
J'ignore où doit frapper ce tonnerre invisible:
Mais je sais que bientôt un lâche meurtrier
(*A Nemours.*)
Vous y doit avec art exposer le premier;
Et, vous ouvrant soudain cette tombe enflammée,
Enlever aux François l'ame de leur armée:
(C'est ainsi qu'en ces lieux, on vous nomme, Seigneur.)
J'ai frissonné d'effroi, de rage & de douleur;
J'ai voulu vous soustraire à ces pieges du crime.
Vous voyez à mes pleurs, au zele qui m'anime,
Qu'un transfuge, accablé par les ans & les maux,
Toujours Guerrier dans l'ame, adore les Héros.

GASTON.

D'où sais-tu ces secrets, par quelle intelligence?

LE VIEILLARD.

Une seule ressource étoit en ma puissance.
J'ai vendu l'humble toît par ma femme habité,
Réduit de sa vieillesse & de ma pauvreté,
Seul fruit d'un long travail & des dons d'Euphémie,
Pour gagner un soldat de la garde ennemie.

GASTON, *attendri.*

Ah Dieu!

BAYARD.

Que de grandeur!

GASTON

Et nous, mortels heureux,
Nous croyons quelquefois être seuls généreux. —
Acheve. Saurois-tu quel autre qu'Avogare
Dirige sourdement les horreurs qu'on prépare?

LE VIEILLARD.

Non, Prince. L'Espagnol qui m'a tout révélé,
N'a pu percer plus loin ce secret si voilé,
Il craint en le sondant, de s'en voir la victime:
Mais moi, Seigneur, mais moi, pour vous montrer l'abîme,
Du peu que je savois j'ai dû vous avertir;
Je cours mieux observer ce qu'il faut prévenir.
Mon sang se rajeunit encore pour ma patrie.
Je vois tous mes dangers & compte peu ma vie:
Quand un soldat François au péril va s'offrir,
Daigne-t-il s'informer s'il en peut revenir?

BAYARD, *avec transport.*

François, reprends ton nom.

GASTON, *embrassant le Vieillard.*

Oui, tu l'es.... Le temps presse.
(*A Bayard.*)
Daignez, si je m'emporte, arrêter ma jeunesse;
Je vais donner mon ordre. — Entrez tous.

(*Plusieurs Officiers & Soldats entrent.*)

Vous, Evreux,
Vous, d'Alegre, suivez ce Vieillard courageux;
Il va vous indiquer deux secretes issues,
Dont il faut à l'instant saisir les avenues:
Cent Guerriers bien choisis pourront y retenir
Les nombreux bataillons qui voudroient en sortir:
Vers l'autre extrêmité, Crussol & Vendenesse,
Guidez nos escadrons qui campent hors de Bresse,
Et que les ennemis par vous ne soient chargés
Que lorsque sous la voûte ils seront engagés:
Eux-même auront rendu leur perte plus rapide.
(*A deux autres Chevaliers.*)
Et vous, pour contenir le Citoyen perfide,
Que, par mille flambeaux disposés prudemment,
On menace leurs toîts d'un vaste embrasement.
Le palais d'Avogare est encore l'asyle
D'où mes ordres auront le cours le plus facile;
J'y vole, pour donner des secours prompts & sûrs,
Si de quelque rempart la mine ouvroit les murs. (*A Bayard.*)
Approuvez-vous ce plan?

BAYARD, *montrant les Chevaliers.*

Tous leurs cœurs l'applaudissent.
Moi seul j'en dois gémir, d'autres bras l'accomplissent.

LE VIEILLARD, *vivement.*

J'instruirai seulement vos Guerriers valeureux,

Prince, & je vais veiller sur ce gouffre de feux.
(*comme une idée nouvelle qui lui vient sur le champ.*)
J'espere.... en découvrir le foyer redoutable.
Si le Ciel y plaçoit ma peine inévitable,
Puisse-je, pour mourir avec moins de remord,
Ayant perdu mes jours, ne point perdre ma mort!

GASTON, *pendant qu'il s'en va.*

Va, compte sur le prix de ce service insigne;
La faveur de Nemours....

LE VIEILLARD, *se retournant.*

Prince, j'en suis indigne.
Réservez pour mes fils, un généreux soin;
Demain, de vos bontés je n'aurai plus besoin.
(*Il sort avec les six Chevaliers & quelques Soldats.*)

GASTON.

Adieu, Bayard.

BAYARD.

Soldats, qu'on me porte à sa suite.

GASTON.

Non, restez. C'est la loi que je leur ai prescrite:
Qu'Euphémie avec vous soit gardée en ce Fort.
Ah! de deux cœurs si chers quand j'assure le sort,
Je ne hasarde plus la moitié de moi-même;
Périt on tout entier en sauvant ce qu'on aime!
(*Il sort, laissant un Chevalier & quelques Gardes.*)

SCENE IV.

BAYARD, UN CHEVALIER, GARDES.

BAYARD.

Il est donc un triomphe, il est donc un danger,
Que même en le voyant, je ne puis partager!
(*Au Chevalier.*)
Ecoute, ô mon éleve, espoir de la patrie!
D'Estaing, cœur tout de flamme, à qui le sang me lie,
Toi, né pour être un jour, par tes hardis exploits,
Ainsi que ton aïeul, le bouclier des Rois;
Ne quitte point Gaston, sois par-tout son égide:
Je réponds des François, tant qu'il sera leur guide.
(*Le Chevalier sort.*)
O Dieu! par quelles mains préviens-tu tant d'horreurs!
(*A ses Gardes.*)
Vous l'avez vu sortir ce Vieillard tout en pleurs;
Soldats, c'est un transfuge, accablé de son crime.
Mettez tous à profit son retour magnanime,
Et les remords cruels dont il est dévoré.
Tel est le châtiment du cœur dénaturé,
Qui, ne connoissant plus famille ni patrie,
Ose leur dérober le tribut de sa vie.

Infidele aux humains, dont les tendres secours
Dans sa débile enfance ont protegé ses jours,
Il trouve, en tous climats, l'horreur qu'inspire un traître ;
Il voit l'homme chérir l'homme qu'il a vu naître ;
Dans un long abandon traînant son triste sort,
L'affreuse solitude environne sa mort.

SCENE V.

BAYARD, ALTEMORE, SOLDATS ITALIENS.

ALTEMORE, *aux Gardes de Bayard.*

NEmours vous mande, amis ; Bayard est sous ma garde.
La défense du Fort désormais me regarde.
(Il leur fait signe de sortir. Ils s'en vont.)

BAYARD.

Quoi ! vous quittez Nemours !

ALTEMORE, *à Bayard.*

C'est lui qui l'a voulu. —
(A sa suite.)
Attendons le signal, ou tout seroit perdu. *(A Bayard.)*
Nemours tremble pour vous ; l'orage se déclare.
Lorsque dans son palais j'ai conduit Avogare,
A ma garde enlevé par ce peuple séduit,
Il a saisi, pour fuir, la faveur de la nuit :
Et peut-être en ces lieux du fonds de sa retraite,
Il tend, par ses amis, quelque embûche secrete.

BAYARD.

Ses amis, comme lui, se pourront découvrir :
Le crime, à force d'art, parvient à se trahir.

ALTEMORE, *avec malignité.*

J'en doute. Mais du moins par cette expérience
Tous vos chefs connoîtront enfin la défiance :
L'impétueux François ignore les détours :
Son ame est dans ses yeux & passe en ses discours ;
Soit fierté, soit foiblesse, il ne peut se contraindre,
L'éclat de ses transports avertit de les craindre.
Ici, l'homme plus calme en concentre l'ardeur,
Dans des replis profonds enveloppe son cœur ;
De ses traits, à son ame, il fait un masque utile ;
Et la haine en cet art est toujours plus habile ;
Elle offre, en souriant, le front de l'amitié ;
Et d'un glaive couvert vous perce sans pitié. *(à part.)*
Le signal tarde bien !

BAYARD.

Si je meurs par un crime,
L'assassin tremblera, mais non pas la victime :
Au moment de frapper, peut-être l'inhumain
Sentira que son cœur veut retenir sa main.

ALTEMORE.

ALTEMORE, *à part.*

Il dit vrai. — Mais n'importe. — Ah ! que vient-on m'apprendre ? (*Il se retire un peu en arriere.*)

SCENE VI.

Les Acteurs précédens, EUPHEMIE.

EUPHEMIE, *à Bayard.*

Nemours n'est point ici ?

BAYARD.

Nemours vient de se rendre
Dans votre palais même.

EUPHEMIE.

Ah Ciel ! il est perdu ;
C'est-là, Seigneur, c'est-là que le piege est tendu,
Que la foudre.... Ah ! courons.

ALTEMORE, *l'arrêtant.*

Demeurez.

EUPHEMIE.

Monstre horrible !
C'est toi dont la fureur....

(*On entend le bruit affreux que produit l'explosion du palais d'Avogare.*)

Dieu ! quel fracas terrible !

(*Elle s'appuye sur une colonne.*)

La terre s'est émue & ces murs ont tremblé.

BAYARD.

Tout mon corps tressaillit sur mon lit ébranlé.

ALTEMORE, *avec éclat.*

Enfin du joug François j'ai sauvé l'Italie.

(*A Bayard.*)

Vois l'ami d'Avogare & l'amant d'Euphémie.
Grand Dieu !

BAYARD.

Quoi ! perfide.....

ALTEMORE.

Oui, par ce foudre infernal,
J'ai de mes deux rivaux détruit le plus fatal....

EUPHEMIE, *tombant évanouie.*

Je me meurs.

ALTEMORE, *à Bayard.*

Et ton sang va combler ma vengeance.

(*Il va pour lui porter un coup de lance.*)

BAYARD.

(*Qui a pris sa lance, près de son lit, la tient en arrêt sur Altémore.*)

Viens, traître, je t'attends.

ALTEMORE *étonné.*

Quel est ton espérance ?
Crois tu combattre seul & mes Soldats & moi ?
(Les Soldats s'avancent sur Bayard.)
Tremblez, voilà Nemours.
(Altémore & ses Soldats tournent la tête & apperçoivent Nemours. Altémore, comme anéanti, reste immobile & laisse tomber sa lance.)

SCENE VII.

Les Acteurs précédens GASTON, CHEVALIERS FRANÇOIS, URBIN.

GASTON, *écartant les Italiens à coups d'épée, dit à Altémore.*

C'Est la foudre pour toi.
(Il embrasse Bayard.)
O mon ami !

BAYARD.

Cher Prince, eh ! qui l'auroit pu croire ?

GASTON, *lui montrant Altémore & Urbin.*

Voilà de l'Italie & l'opprobre & la gloire ;
Urbin vient te défendre.

BAYARD, *tendant la main au Duc d'Urbin.*

Il ne m'étonne pas.

GASTON.

Qu'on livre cet infame au plus affreux trépas.
(On entraîne Altémore.)
Mais, ô nouveau malheur ! ô ma chere Euphémie !
(Il court à elle.)

BAYARD.

L'effroi de votre mort peut lui coûter la vie.

GASTON, *lui prenant la main.*

Euphémie !

EUPHEMIE, *revenant à elle, & levant les yeux au Ciel.*

Il n'est plus.
(Elle les rabaisse & apperçoit Nemours.)
Ah ! Prince, vous vivez !

GASTON, *la relevant.*

Oui ; ce digne Vieillard... Il nous a tous sauvés.

EUPHEMIE, *avec transport.*

Qu'il m'est cher !

GASTON.

J'arrivois dans ce palais terrible,
Où mon ordre assembloit notre élite invincible ;
Quand je le vois entrer frémissant, éperdu,
Suivi de l'Espagnol à ses bienfaits vendu,
Et qui se promettant un plus riche salaire,

Avoit du nouveau foudre épié le mystere :
« Fuyez ? s'écrioient-ils ; fuyez, ne tardez pas ;
« Vous n'avez qu'un moment, le gouffre est sous vos pas.
« Courez sauver Bayard ; il en est temps encore ;
« Ce héros va tomber sous les coups d'Altémore.
A leurs cris, vers ces lieux, nous avons volé tous.
Mais des portes du Fort à peine approchions-nous,
Qu'avec un bruit affreux, une nue enflammée,
Un noir torrent de feu, de soufre & de fumée,
Roule au loin dans les airs, à nos regards surpris,
D'un vaste monument les immenses débris.
Heureux, qu'en échappant à ce piege effroyable,
(En embrassant Bayard)
J'arrache encore mon pere, au sort plus déplorable
De voir des assassins, vil rebut des bourreaux,
Souiller la derniere heure & le sang d'un héros !

URBIN, *à Bayard.*

Pardonne, j'ai trop tard suivi mon digne maître ;
Bayard pour sauver Jules, avoit livré le traître :
Beaux jours du nom Romain, qu'êtes-vous devenus !
Des François maintenant sont nos Fabricius.

GASTON, *à sa suite.*

Allons, marchons, amis ; revolons vers Pescaire :
Voudrois-je qu'à ma chaîne il eût pu se soustraire ?
Sous ces murs embrasés me croyant englouti,
De son repaire obscur peut-être il est sorti.
(Il veut partir.)

BAYARD.

Arrêtez......

SCENE DERNIERE.

GASTON, URBIN, EUPHEMIE, BAYARD, D'ALEGRE, CHEVALIERS ET SOLDATS FRANCOIS.

D'ALEGRE, *vivement à Gaston.*

La victoire est complette & soudaine ;
Tous vos ordres suivis ont mis dans notre chaîne
Les Guerriers de Venise & les soldats Romains,
Enfermés, foudroyés dans les deux souterrains.

GASTON.

Mais Pescaire ?.....

D'ALEGRE.

Seigneur, son adroite prudence
Pour des lieux plus ouverts réservoit sa présence :
De la porte Faustine il assailloit les Tours,
Qu'au bruit de son tonnerre il croyoit sans secours ;
Mais, au lieu de l'effroi, trouvant par-tout l'audace,

Et des Vénitiens apprenant la disgrace,
Il va cacher au loin sa honte & ses débris.

GASTON.

Et! que fait ce Vieillard? qu'il vienne avec ses fils,
Que mes bienfaits....

D'ALEGRE,

Plaignez son infortune extrême:
Instruit qu'en son palais Avogare lui-même,
Pour allumer la foudre, avoit su se cacher;
Loin de suivre vos pas, il l'a couru chercher;
Il vouloit, ou punir, ou désarmer sa rage:
Mais soit que du Bressan le perfide courage,
De périr avec vous, fît son plaisir affreux;
Soit qu'il ait mal connu, mal mesuré ses feux;
De tous deux à la fois, loin du palais en poudre,
J'ai vu les corps sanglans rejettés par la foudre.

EUPHEMIE.

O mon pere!

BAYARD.

O Soldat qu'honore un beau trépas,
J'ai bien vu que ton cœur ne le pardonnoit pas!
Tes fils seront les miens.

EUPHEMIE.

Le désespoir m'accable;
De la mort de mon pere, hélas! je suis coupable.

GASTON, *vivement.*

Lui seul fut criminel, lui seul il s'est perdu.

EUPHEMIE.

Ah! respectez les pleurs qu'il coûte à ma vertu.
La nature m'imprime un sacré caractere,
Sans permetre à mon cœur de juger pour quel pere.

GASTON.

Je respecte à la fois & ressens vos douleurs;
Mon bonheur ne peut naître au milieu de vos pleurs;
Je veux pour le former, que Bayard me ramene
Plus digne encor de vous, & vainqueur de Ravenne.
(*A Bayard.*)
Je vais t'attendre, ami, sous ce fameux rempart:
Gaston regretteroit de vaincre sans Bayard.

BAYARD, *lui prenant la main.*

Va; mais modere au moins ton ardent caractere.
Tu crois n'avoir rien fait tant qu'il te reste à faire.
Songe qu'en peu de jours tu sais vivre long-temps:
Ta carriere d'honneurs est remplie à vingt ans:
Toi seul peus soutenir le fardeau de ta gloire;
Mais crains de t'oublier au sein de la victoire.

FIN.

www.ingramcontent.com/pod-product-compliance
Ingram Content Group UK Ltd.
Pitfield, Milton Keynes, MK11 3LW, UK
UKHW021510260726
13993UKWH00004B/1629

9 782329 216614